天地外國經典文庫

Animal Farm

動物農場

[英] 喬治・奧威爾 著

George Orwell

榮如德 譯

總序

多元化是香港文化的特徵之一，作為中西文化的薈萃之地，香港文化人手中的讀物，既有四書五經、唐詩宋詞、胡適陳寅恪，也有聖經和莎士比亞、培根和狄更斯。香港文化發展史，其中必不可少的一部份內容就是文化交流史。所謂文化交流，於香港人而言，就是研究和介紹由外國先進思想衍生的普世價值，以及各國的優秀文學作品，作為發展香港文化的借鑒。用著名學者錢鍾書先生的話來說，就是「東海西海，心理攸同；南學北學，道術未裂。」[1] 翻譯家傅雷先生在〈翻譯經驗點滴〉一文中說：「中國人的思想方式和西方人的距離多麼遠。他們喜歡抽象，長於分析；我們喜歡具體，長於綜合。」[2] 可見，同為人類，中國人和西人「心理攸同」；作為不同人種，他們的思維方式各有短長。香港各大學設英國語言文學系、翻譯系、比較文學系，文學院有歐洲和日本研究專業，目的就在於此。在這方面，香港有着足以驕人的成就。茲舉一例。有學者考證，俄國大作家列夫·托爾斯泰最早的中譯本《托氏宗教小說》就是香港禮賢會出版的（時在清光緒三十三年即一九零七年），以此為嚆矢，托爾斯泰的各種著作以後呈扇形輻射到全國各地，被大量迻譯成中文出版，對我國文學界和思想界產生了深遠的影響。[3]再舉一例，上世紀六、七十年代，香港今日世界出版社聘請了多位著名翻譯家、作家和詩人如張愛玲、余光中、劉以鬯、林以亮、湯新楣、董橋，迻譯了一批美國文學名著，其中包括《美國詩選》《老人與海》《湖濱散記》《人間樂園》等書，到九十年代，這一批書籍已成為名譯，由內地出版社重新印行，對後生學子可謂深致裨益。

本經典文庫的第一輯書目共十冊。所謂經典，即傳統的權威性著作。它們有別於坊間流行的通俗讀物，以深刻、恢宏、精警見稱，在文學史、哲學史、思想史上具有崇高地位，古今俱備，題材多樣。英國女作家伍爾夫（另譯：吳爾芙）的長篇小說《到燈塔去》，以描寫人物的內心世界見長，她是最早運用「意識流」手法進行小說創作的作家之一，語言富有詩意。法國作家加繆的小說《鼠疫》《局外人》，是冶文學和哲理於一爐的存在主義名著，他與同為存在主義作家的薩特齊名，在上世紀五十年代中亦因此而獲得諾貝爾文學獎。愛爾蘭小說家喬伊斯著有短篇小說集《都柏林人》，這部傳統短篇小說集與《尤利西斯》的創作手法南轅北轍，可見作家勇於創新，敢為天下先的膽識。希臘哲學家柏拉圖的《對話集》，既是哲學名著，也在美學史佔有重要地位，他在散文史上開辯難文學之先河。英國作家奧威爾的諷刺小說《動物農場》（另譯：《動物農莊》），與他的《一九八四》同為反烏托邦名著，在當今文學史上享有盛名。意大利作家亞米契斯的兒童文學作品《愛的教育》，早在上世紀初就由民初作家包天笑和夏丏尊譯為中文，是當時傳誦一時的日記體文學作品。本文庫選用夏丏尊的譯本，夏氏是我國新文學史上優秀的散文作家，譯筆暢達，是以初版迄今，兩岸三地重版不計其數。英國小說家毛姆的長篇小說《月亮和六便士》以法國印象派畫家高庚為原型，它刻畫的人物性格練達，冰雪聰明，筆致輕鬆流麗，幽默感人。英國小說家赫胥黎的長篇小說《美麗新世界》，與奧威爾的《一九八四》、俄國作家扎米亞金的《我們》，被譽為文學史上三部最有名的反烏托邦小說。本文庫收日本作家太宰治的小說《人間失格》（《附《女生徒》），這位被稱為「日本無賴派」的代表性作家，在日本小說史上與川端康成、三島由紀夫一樣為人所熟悉。

由於歷史和語言的原因，香港的文化交流存在一定局限性，未能臻於全面。它較集中於英美和日本，其他地域文化如古希臘羅馬、印度、德、法、意、西班牙、俄羅斯乃至拉丁美洲則較少為有關人士顧及。顯然，這不利於開拓香港學子的視野，對他們的思想深度也有所影響。有見及此，我們與相關專家會商，擬定出一套外國經典文庫書目，經資深翻譯家新譯或重訂舊譯，向讀者推出一系列包括文學、哲學、思想、人文科學的經典譯著，分為若干輯次第出版。藉以供香港讀者重溫他們所諳熟的英美日作家、學者的著述，也得以新讀希臘、意大利、法國等國先哲的力作。以後各輯，我們希望能將這一批書目加以擴大，向有一定文化程度的讀者，尤其是青年學子提供更多的經典名著。

對迻譯各書的專家和撰寫導讀的學者，我們謹此表示深切的謝忱。

天地外國經典文庫編輯委員會

二零一八年六月一日

註釋：

[1]《談藝錄．序》，中華書局（香港）有限公司，一九八六年版。

[2]《傅雷談翻譯》第八頁，當代世界出版社，二零零六年九月。

[3] 戈寶權〈托爾斯泰和中國〉，載《托爾斯泰研究論文集》，上海譯文出版社，一九八三年版。

目錄

總序　天地外國經典文庫編輯委員會 …… 2
導讀　權力遊戲　黃國軒 …… 8
動物農場 …… 17
附錄：《動物農場》烏克蘭文版序　喬治・奧威爾 …… 137

導讀

權力遊戲

喬治·奧威爾（George Orwell），原名埃里克·亞瑟·布萊爾（Eric Arthur Blair）。他於一九零三年六月生於英屬印度，一九五零年在倫敦病逝。他的父親是英國人，曾任印度總督府鴉片局副代理人，母親是緬甸木材商的女兒，具有英國和法國兩方面的血統。他是英國著名的小説家、評論家、新聞記者、殖民地警察。他對政治和社會問題有深刻的觀察、反思和批判，並探索自己獨特的政治書寫形式，成為二十世紀最具影響力的小説家之一。最重要的代表作就是《動物農場》和《一九八四》，單是這兩本，就足以令喬治·奧威爾在世界文壇佔一席位。

早在五、六歲的時候，他就有志成為作家。就讀著名的伊頓公學時，沉浸在他喜歡的作家的作品中，同時又多次在校內刊物發表文章。在緬甸擔任了五年警察，他漸漸認識到人性和殖民主義的醜惡。辭去警察一職後，他到過巴黎，然後又回到英國，先後做過洗碗工人、書店店員、碼頭工人，生活過得貧苦，明白社會底層的感受，他的處女作《巴黎倫敦落魄記》在一九三三年出版，翌年《緬甸歲月》也相繼面世。後來，他陸續寫成《牧師的女兒》、《讓葉蘭飄揚》、《通往威根碼頭之路》、《向加泰羅尼亞致敬》、《上來透口氣》等等重要作品。《通往威根碼頭之路》是考察失業潮，反映工人的窮苦生活的報告文學；而《向加泰羅尼亞致敬》則報道了西班牙內戰。這些作品固然都十分出色，反映了作者的社會良心，但還是到了《動物農場》、《一九八四》，奧威爾的文學地位才真正不可動搖。

《動物農場》於一九四五年出版，採用寓言方式書寫；而《一九八四》則出版於一九四九年，是一部政治預言。奧威爾在《一九八四》中設定了一個極權主義國家，社會氛圍十分高壓可怕，任何人的思想都必須受到監控，試圖消除人的自由意志和獨立思考的能力。奧威爾把極權主義社會描繪得那麼貼切，對人性和國家的權力行為表現預示得那麼精準，讀者無不驚嘆於他的預言能力。到現時為止，世界上已難再找到一位能把政治和文學結合得如此精妙的作家了。

奧威爾在他的散文《我為甚麼寫作》中這樣寫道：

整整十年，我一直在努力想把政治寫作變為一種藝術。我的出發點是由於我總有一種傾向性，一種對社會不公的個人意識。我坐下來寫一本書的時候，我並沒有對自己說：「我要加工出一部藝術作品。」我之所以寫一本書，是因為我有謊言要揭露，我有事實要引起大家的注意，我最先關心的事就是要有一個機會讓大家來聽我說話。但是，如果這不能同時也成為一次審美的活動，我是不會寫一本書的，甚至不會寫一篇稍長的雜文。

《動物農場》和《一九八四》都是揭露謊言的書，而且都稱得上是藝術的政治寫作。閱讀這兩部經典作品，都是審美的過程，值得一讀再讀，特別是《動物農場》，以寓言方式寄託了作者的政治觀，各種動物的形象饒有趣味，而且篇幅中等，深淺適宜，完成度甚高。不同年齡、地域的讀者閱讀，都能從中反思到人性和政治的種種問題。

《動物農場》全書共分十章，為了方便讀者更容易把握當中的結構和脈絡，將每章的要點整理和導讀如下：

第一章：公豬老少校在臨死前，舉行了動物聚會，向其他動物講述他的造反之夢。他提醒大家，不要相信人類的話。人類只想不勞而獲，唯有造反才能擺脫困局。

第二章：老少校死後，由其他豬把他的訓示寫成「動物主義」。有一天，因為母牛的震動而引發起所有動物造反。動物佔領了人類瓊斯的家，並有共識，誰也不能住進去。後來，豬又將「動物主義」的原理簡化成《七誡》。

第三章：推翻人類之後，動物開始要重新組織，管理自己。有些動物辛勞地工作，如拳擊手和紫苜蓿兩隻馬；而豬則擔任了管理層，不做任何勞動。雪球和拿破崙兩隻豬的處事作風不同。雪球嘗試組織委員會，為農場設計旗幟，幫助背不下《七誡》的動物簡化成「四條腿好，兩條腿壞」；至於拿破崙就沒興趣，只專心養狗。後來，豬霸佔了牛奶和蘋果，引起其他動物不滿，其中一隻豬吱嘎指出豬為所有動物操心，強調獲取的合理性，並拿瓊斯出來嚇大家，要是沒有豬管理和組織農場，人類瓊斯就要回來了。

第四章：「牛棚戰役」發生了。因為動物農場由動物自己來管理，引起人類恐慌。其他農場的主人皮爾金頓先生和弗雷德里克先生，與瓊斯一起，試圖用武力鎮壓動物農場。最後，雪球指揮大家擊退了人類。

第五章：雪球和拿破崙有嚴重分歧，導致農場分裂為兩大陣營。雪球認為該先興建風車發電，又指出該放出鴿子煽動其他農場造反；而拿破崙則認為應該先解決糧食問題，又說應先武裝自己，這樣才能自衛。在重要關頭，拿破崙放出惡犬，驅逐了雪球。另外，成立專門委員會，取消動物大會，由拿破崙帶領其他豬做決定。

第六章：拿破崙趕走雪球之後，謊稱建造風車本來就是他的計劃。由於資源短缺，拿破崙決定和人類進行交易。另外，拿破崙也住進了瓊斯的家，睡在他的床上，動物記得這事違反了《七誡》，但是都被吱嘎的語言偽術蒙混過關了。風車在快要完工之時突然倒塌了，拿破崙順勢誣蔑是雪球破壞的，雪球就變成了令動物恐慌的符號。

第七章：風車倒塌後，農場陷入了經濟危機。吱嘎要求所有母雞都必須上繳雞蛋，這樣才能履行和人類簽的合約，引發母雞的反抗。不少動物被處決，來了一個大清洗，動物都不敢作聲。拿破崙和吱嘎繼續造謠生事，把所有問題和壞事都推落雪球身上。

第八章：某些動物記得處決動物是觸犯了《七誡》，但也遭到吱嘎的篡改。拿破崙的勢力和地位越來越高，動物們必須崇拜和尊稱他做「我們的領袖拿破崙同志」。拿破崙帶領動物，打敗了入侵農場的弗雷德里克先生，保衛重新建成的風車，是為「風車之役」。

第九章：「風車之役」後，動物慶祝，成立共和國。總統就是唯一的候選人拿破崙。拳擊手被騙，被送往屠宰場。為了欺騙動物而舉辦了悼念聚會，並藉此教導他們該學習拳擊手，要永遠效忠拿破崙。另外，烏鴉摩西因獲得某些福利和津貼，而運用糖果山傳說來愚弄動物，成為一種統治手段。

第十章：過了幾年，當年造反過的動物都老的老了，死的死了。動物農場裏，只有豬和狗富裕起來，其他動物則沒甚麼變化。《七誡》只餘下一條，而且也被修改成：「凡動物一律平等，但是有些動物比別的動物更平等」。最後，豬用雙腳站起來，穿上了衣服，和人的模樣已變得越來越相似，難以分清了。

以上十章的內容梗概，相信能有助讀者進入故事。當需要深入分析其寓意時，也可以易於尋索相應的章節。

《動物農場》作為一部寓言，它必然有其指涉，誠如奧威爾寫的《動物農場》烏克蘭文版序所言：「如果我們要振興社會主義運動，打破蘇聯神話是必要的。」、「雖然有些情節取自俄國革命的真實歷史，但它們是作了約縮處理的，它們的年代次序作了顛倒，這是故事的完整化所必需的。」（董樂山譯）由此可見，作者的創作動機，的確有其影射和諷刺俄國革命的部份，批判極權主義的影響。雪球和拿破崙的權力鬥爭如何隱喻托洛斯基和斯大林的政治角力，其他角色的面貌和行為在歷史事件中該如何對應，如何警惕極權主義的突襲，是值得讀者思考的一個方向。

當然，寓言故事同時又具有多義特質。不同時代的讀者有着不同的時代背景和問題。《動物農場》的統治者和被統治者，都呈現出人性的不同面貌，具有普遍意義。放諸任何國家、城市或某種階級環境，都彷彿能在現實世界裏發現《動物農場》裏的角色。權力令人腐化，走向極權專制統治。暴力、謊言、篡改歷史、製造恐慌、控制思想等，都是黑暗政治常用的手腕。人們一旦退縮、沉默、變得犬儒，喪失了自由和人權，到了無力反抗的時候，最終只會成為別人的奴隸。由此可以想到，《動物農場》正帶給我們甚麼啟示和省思。

這部寓言的價值從未衰落，而且歷久常新。因為它的警世意義是深刻而永恒的，對某些國家來說仍是辛辣的諷刺。仔細閱讀《動物農場》，檢視你和我身處的時代和政治氣候，就不得不及早在這一場權力遊戲中覺悟過來，清醒地作出回應和行動。

黃國軒

黃國軒，香港中文大學中國語言及文學系碩士。火苗文學工作室創辦人。現為大專兼職講師、編輯、專欄作家。編有《字裏風景：馮珍今散文集》。

動物農場

1

莊園農場的瓊斯先生，過夜前倒是把雞舍一一上了鎖，可實在因為酒喝得太多，還有好些旁門小洞卻忘了關上。他打着趔趄走過院子，手裏提的一盞燈的環狀光影也跟着晃來盪去。一進後門，趕緊甩腿踢掉腳上的靴子，先從洗碗間的啤酒桶裏汲取了這天的最後一杯，然後往瓊斯太太已經在那兒打呼嚕的床上走去。

臥室裏的燈光剛一熄滅，一陣輕微的響動頓時席捲農場裏所有的圈棚廄舍。日間就已有所傳聞，說是老少校——也就是那頭曾經獲獎的公豬——頭天夜裏做了個奇怪的夢，想要講給別的動物聽聽。此前已經約定，但等拿得穩瓊斯先生不會來攪局了，所有的動物馬上到大穀倉集合。老少校（大夥一直都這麼叫他，雖然昔年他參展時的報名是維林敦帥哥）在農場裏真可謂德高望重，每一隻動物都不惜少睡個把小時，十分樂意來聽聽他要講些甚麼。

大穀倉的一端有個稍顯隆起的平台，少校已然給安置在那兒鋪了乾草的一張床上，從樑上掛下來的一盞燈就在他上邊，挺舒坦。他有一十二歲了，近來頗有些發福，但他仍不失為一頭相貌堂堂的豬，儼然一位睿智的忠厚長者，儘管事實上他的犬牙始終沒有長出來。過不多久，其餘的動物也開始陸續到場，並按各自不同的習慣安頓停當。最先來的是三條狗，分別叫做藍鈴鐺、傑茜和鉗爪；接着到的幾頭豬當即在平台前安營扎寨。一些個母雞棲留在窗台上；有幾隻鴿子撲棱棱飛上了椽子；牛羊們在豬後面趴下來，開始倒嚼。兩匹拉套幹重活的馬，一匹叫拳擊手，一匹叫紫苜蓿，是齊頭並進一起來的。他倆走得非常慢，毛茸茸的大蹄子踩到地上時十分小心翼翼，生怕乾草裏會藏着甚麼小動物似的。紫苜蓿是一匹母性洋溢的壯實雌馬，現在步入其中年期，在生育過四胎之後，她再也沒能重塑自己昔日的體態風韻。拳擊手則是個龐然大物，幾乎有六英尺高，論力氣頂得上尋常的馬兩匹合起來那麼大。順着他鼻樑長就白白的一道毛色，使他的相貌總有那麼點兒傻裏傻氣，而他的智能也確實算不上出類拔萃，不過憑着其堅忍不拔的性格和驚天動地的幹勁，他還是到處贏得大家的尊敬。繼兩匹拉套馬之後到達的是白山羊慕莉爾和驢子本傑明。後者在農場裏算得上最資深的動物，脾氣也是最壞的。他難得說話，一旦開口通常會發表一些冷嘲熱諷的怪論，例如他會說上帝賜給他尾巴以便驅趕蒼蠅，然而他寧願尾巴和蒼蠅都不要。在農場的動物中，惟獨他從來不笑。倘若被問到這是為甚麼，他會說他看不出來有甚麼值得一笑。不過，他對拳擊手倒是佩服得五體投地，儘管並不公開承認這一點；他倆每每一塊兒到果園後面的一小塊牧地去共度星期天，互相緊挨着吃草，可就是從不搭話。

現在言歸正傳，拳擊手和紫苜蓿兩匹馬剛趴下來，便有一窩子失去了母親的小鴨有氣無力地細聲叫着魚貫而入，一邊左顧右盼，想找一塊他們不至於被踩踏的地方。紫苜蓿用她一條巨大的前腿權當一堵牆，把小鴨子圍攏來，於是他們就在這圍子裏邊安身，並且迅即睡着了。臨到最後時分，給瓊斯先生拉雙輪輕便車的莫麗，那匹長得挺俊、卻相當愚蠢的白母馬，才故作嬌媚狀扭擺着腰肢進來，嘴裏還嚼着一塊方糖。她找了塊比較靠前的地兒，開始甩她的白色鬃毛賣俏，指望吸引大家注意扎在那上面的紅緞帶。末了一個來到的是一隻貓，她照例環視四周，先看看哪兒最暖和，最後生生地從拳擊手和紫苜蓿之間擠了進去；少校講話時她從頭至尾一直在那裏發出輕微的嗚嚕聲表示心滿意足，少校說些甚麼她連一句也沒在聽。

現在所有的動物都已到齊，只除了摩西——那是一隻馴化了的烏鴉，在後門背後的橫木架上睡覺。少校見大夥都已安頓到位，正打點起精神來等他發言，便清了一下自己的嗓子，開始說：

「同志們，你們已經聽說昨夜我做了個奇怪的夢。但是，關於那個夢我待會兒再談。我有別的事兒要先說。同志們，我恐怕沒有好多個月跟你們在一起了，在我去世之前，我覺得自己有義務把我所獲得的智慧傳給你們。我這輩子活得夠長的了，當我獨自躺在圈裏的時候，曾有很多時間靜心思考，我認為自己可以說：我懂得在這片土地上生活而且懂得不比如今活着的任何動物差。我想要對你們講的就是這檔子事兒。

「那麼，同志們，我們過的究竟是甚麼日子呢？我們還是實話實說吧：我們的生命是悲慘的、勞苦的和短促的。我們生了下來，供給我們的食物僅僅夠維持我們的軀體裏始終有一口氣，我們當中那些能活下來的，就被強迫幹活，直到筋疲力盡；一旦我們的使用價值到了盡頭，我們立馬就會遭到駭人聽聞的殘酷殺戮。在英格蘭，動物只要滿了一歲，便再也不知道甚麼叫做快樂或休閒。在英格蘭，動物是沒有自由的。動物的一生只有受苦受難受奴役的份兒。這是明擺着的事實。

「那麼這會不會純粹是自然條件決定的呢？莫非由於我們這兒地窮土薄，沒法讓在此居住的生靈過上體面的生活呢？不，同志們，一千個不，一萬個不！英格蘭的土壤是肥沃的，氣候是適宜的，哪怕需要養活的生靈數量遠遠大於如今在此居住的動物總數，也有能力為他們提供豐饒富足的食物。單單我們這一個農場就養得起十二匹馬、二十條牛、幾百隻羊，並且能讓他們全都活得既舒服又有尊嚴——那簡直是我們目前無法想像的。可我們又為甚麼總是活得這樣窩窩囊囊、可憐巴巴呢？那是因為我們的勞動成果幾乎全部被人類從我們身邊偷走了。同志們，這就是我們所有問題的答案。它可以歸結為簡簡單單的一個字——人。人是我們僅有的真正仇敵。只要把人趕下台，造成食不果腹和過度勞累的根本原因便可永遠鏟除。

「所有生靈中唯獨人是光消費不生產的。人不會產奶，不會下蛋；人力氣太小，拉不動犁；人跑得不夠快，逮不着兔子。然而人卻是所有動物的主子。人使喚動物幹活，卻只給動物少得不能再少的一點回報，僅僅為了不讓他們餓死，而其餘的部份悉數被人據為己有。我們的勞作耕耘着土壤，我們的糞便給土壤施肥，然而我們中的任何一個，除了自己身上的一張皮以外，甚麼也撈不到。我且問問眼前的幾條奶牛，過去的一年裏頭，你們產了幾千幾萬加侖奶呀？這些本該用於哺育健壯牛犢的奶都到哪兒去了？這些奶每一滴都讓我們的敵人喝掉了。還有你們這些母雞，過去一年內你們總共下了多少蛋，這些蛋中間有多少孵成了小雞？其餘的蛋全都賣到市場上去，給瓊斯他們帶來了錢。還有你，紫苜蓿，你生過四隻小馬，有了他們你原本可以老有所靠，老有所樂，可是他們都在哪兒啊？他們每一隻都是剛滿一歲就給賣掉的，從此以後哪一隻你都休想再見到啦。你前後生育過四胎，在地裏一貫勤勞苦幹，可是這一切又換來甚麼回報？除了你那份緊巴巴的飼料配額和一間馬棚，你還得到過甚麼？

「然而，即便是我們這種悲慘的生命，也不讓走到順乎自然的盡頭。就我自己而言，我並不抱怨，因為我的運氣算是不錯的。我活了一十二年，我的孩子共有四百多。這才是一頭豬順乎自然的一生。可是沒有動物最終能逃脱挨殘酷一刀的下場。就説眼下坐在我前面的那幾隻肥小豬吧，不出一年，你們一個個都將在屠宰前沒命地慘叫。如此可怕的厄運一定會臨到我們大家頭上——奶牛也罷，豬也罷，雞也罷，羊也罷，一隻也逃不了。即便是馬和狗的命，也好不到哪兒去。以你拳擊手為例，一旦你的那些了不起的肌肉失去了原有的膂力，瓊斯立刻就把你賣給收老弱病馬的販子，讓他先宰了你，再把你煮熟了餵獵狐犬。至於狗麼，等他們老掉了牙，瓊斯會在他們脖子上拴一塊磚，把他們就近沉入隨便哪個水塘。

「同志們，可見我們這種生活的萬惡之源完全在於人類的專制統治，這不是清清楚楚、明明白白的嗎？只要擺脱人的統治，我們的勞動成果就是我們自己的了。幾乎一夜之間我們就能變得富足、自由。那麼，我們該怎麼幹呢？毫無疑問，必須白天黑夜連着幹，全身心投入工作，為把人類拉下馬！同志們，我要傳達給你們的信息，那就是：造反！我不知道那場造反運動甚麼時候來臨，可能過一個星期，也可能要過一百年，但我知道，就像看到我腳下踩着乾草一樣確信無疑，正義遲早必定會得到伸張。同志們，你們的餘生已為日無多，這一點要始終銘記在心！最最要緊的是，必須把我帶來的這個信息傳給你們的後代，這樣代代相傳就能把鬥爭繼續進行下去，直至贏得勝利。

「要記住，同志們，你們的決心千萬不能動搖。切不可讓花言巧語把你們引入歧途。要是有誰對你說，人和動物有共同利益，人富即動物富，那都是謊話，絕對聽不得。人只為自己謀利益，不為其他任何動物謀利益。我們動物之間在鬥爭中必須完全團結一致，建立真正的同志情誼。所有的人都是我們的仇敵。所有的動物都是同志。」

就在此刻發生了一陣把大夥嚇得夠嗆的騷動。剛才少校發言的時候，有四隻大老鼠從他們的洞裏爬了出來，後腿和屁股着地坐在那兒聽老公豬講話。在場的幾條狗突然發現了他們，老鼠們全靠一個箭步竄回洞裏才得以保住性命。少校舉起一隻爪子示意保持安靜。

「同志們，」他說，「這兒有檔子事兒必須得做個決定。像大老鼠和野兔之類非家養的生靈——他們算是我們的朋友還是仇敵？我們就來進行表決。我把這個問題提交給大會：大老鼠算不算同志？」

表決當即舉行，贊成認大老鼠為同志的佔壓倒多數。反對者只有四票，即三隻狗加一隻貓。事後發現，貓既投了反對票，又投了贊成票。少校接着說：

「要說的我幾乎都說了。我只是再次提醒大家，永遠牢記你們肩負的責任，對待人類及其舉止行為，必須持敵視態度。凡是兩條腿行走的，那就是敵人。凡是四條腿行走或者長翅膀的，那就是朋友。同樣必須記住，在反抗人類的鬥爭進程中，我們切不可落到去仿效人類的地步。即使你們征服了人類，也不得把他們的惡習繼承下來。動物任何時候都不准住在房子裏，或睡在床上，或身穿衣服，或喝酒，或吸煙，或接觸錢幣，或參與買賣。人類所有的習慣都是邪惡的。最最重要的是，動物不得欺壓自己的同類。不分強弱，無論賢愚，我們都是兄弟。凡動物都不可殺任何別的動物。凡動物一律平等。

「同志們，現在我要把昨夜我做夢的事告訴你們。我沒法向你們描述那場夢的情境。那是關於將來人類消亡以後這片土地會是甚麼情形的一個夢。但它令我想起我久已忘懷的一些事情。好多年以前，那時我還是一頭小豬，我母親和另外幾頭母豬經常唱一支老歌，她們只會哼那歌的曲調，不會唱詞兒，只知道開頭的六個字。小時候我也學會了哼那曲調，但它從我記憶中消失已經很久很久了。不料昨夜，它又回到我的夢中來了。可還有更絕的，那支歌的詞兒也回來了——我相信那正是很久很久以前動物們所唱的歌詞，後來失傳已有好多好多年代。同志們，現在我要把那支歌唱給你們聽。我老了，嗓子早已沙啞；不過，等我把曲調教給你們以後，你們自己可以更好地唱給自己聽。歌的名兒叫《英格蘭的生靈》。」

老少校清了一下嗓子，開始唱歌。他說得沒錯，他的嗓子確實已經沙啞，但能唱成這樣，已經夠難為他了。那曲調相當煽情，有些介於《克萊門汀》和《拉庫庫拉恰》之間的那種味道。歌詞是這樣的：

英格蘭的生靈，愛爾蘭的生靈，
不論你屬於哪方水土，哪兒出生，
都來聽我唱一唱

未來黃金時代的美好前景。

這一天總會來的，無非遲或早，
人類的暴政一定要推倒，
英格蘭的千里沃野
將全由生靈們馳騁逍遙。

穿透我們鼻孔的鐵環必將消亡，
挽具也要搬離我們的背樑，
讓嚼子和馬刺永遠生鏽去吧，
狠毒的鞭子再也不可能抽響。

大麥和小麥，燕麥和草料，
紫苜蓿、糖蘿蔔，還有豆子嚼，
到那天統統都是我們的，

富得叫你做夢也想不到。

到我們獲得自由的那天，
英格蘭的田野將滿是金燦燦的一片，
大江小溪的水會變得更清澈，
連風兒也吹得你越發心醉酥軟。

為了那一天，我們都得拚命幹，
哪怕壯志未酬頭先斷。
無論是牛是馬，是鵝還是火雞，
為了爭自由，大家就得多流汗。

英格蘭的生靈，愛爾蘭的生靈，
不論你屬於哪方水土，哪兒出生，
都來聽我唱一唱

未來黃金時代的美好前景。

這支歌經如此一唱，把動物們推到了無比興高采烈的亢奮狀態。幾乎等不及少校唱完，他們自己便都唱開了。就連其中最笨最笨的動物，也已學會了曲調和少數幾句詞兒，至於像豬和狗那等聰明的，僅用幾分鐘就把整首歌全背了下來。於是，經過不多幾次起頭之後，整個農場就以驚人和諧的音調爆發出《英格蘭的生靈》大合唱。母牛唱的是哞哞的低音聲部，狗的哀叫適用於長腔，羊的咩咩、馬的嘶鳴、鴨子的呷呷叫，統統各得其所。這首歌可把動物們給逗得不亦樂乎，他們竟一連足足唱了五遍。要是不被打斷的話，他們會整夜一直唱下去，而不知東方之將白。

遺憾的是，喧鬧聲吵醒了瓊斯先生，他從床上直蹦起來，想搞清楚是不是有狐狸闖進了院子。他抓起隨時豎放在他臥室角落裏的那桿獵槍，把一發六號鉛沙彈向黑暗中射出去。鉛丸紛紛嵌入穀倉的牆內，於是這次集會匆匆忙忙作鳥獸散。每一隻動物都向着各自的宿處倉皇逃遁。鳥類撲棱棱躍上他們的棲木架，牲畜在乾草欄裏存身，整個農場頃刻間便入了夢鄉。

2

過了三個夜晚，老少校在睡眠中平靜地死了。他的遺體埋在果園地勢最低的一端。

時當三月之初。在接下來的三個月內，那兒的秘密活動愈趨頻繁。少校的一番話，給了農場裏比較有頭腦的動物一種全新的生活觀。他們不知道少校所預言的造反將在甚麼時候發生，他們沒有理由認為這會是他們有生之年以內的事情，但是他們清楚地看到應當為之進行準備。教育和組織其他動物的工作，自然就落到被普遍認為動物中最聰明的豬肩上。而豬中尤其出類拔萃的當推名叫雪球和拿破崙的兩口年輕公豬，那是瓊斯先生養着準備賣的。拿破崙是一頭看上去挺嚇人的伯克夏大公豬，也是場裏唯一的伯克夏種豬，不太愛說話，可是出了名的不達目的死不休。跟拿破崙相比，雪球較為活躍，敏於言，點子也多，但大家認為在性格的深度上差點兒。場裏別的公豬都是肉用豬。其中名氣最大的要數一隻叫吱嘎的小肥豬，他的腮幫子挺圓挺圓的，眼珠子忽閃忽閃的，動作敏捷，嗓子特尖。他的口才十分了得，每當他力圖證明某一個很難說清楚的論點時，其習慣性動作就是身子跳來跳去，尾巴擺個不停，不知為甚麼這一招很有說服力。別的動物談起吱嘎來，認為他有本領把黑的說成白的。

這三口豬把老少校的教導闡發成為一套完整的思想體系，他們名之曰動物主義。每週有幾個夜晚，等瓊斯先生入睡後，他們就在穀倉裏秘密集會，向其他動物宣講動物主義的原理。起初他們遭遇的態度頗有些愚頑和冷漠。某些動物居然談到有義務忠於瓊斯先生（他們還稱呼他「東家」），或者說出一些極其幼稚的話，諸如「我們是瓊斯先生養活的，要是他死了，我們就得餓死」云云。有的動物提出過這樣一些問題，例如：「我們為甚麼要關心我們死後發生的事？」或者「既然造反反正要發生，那麼我們為不為它出力又有甚麼差別？」為了讓他們明白凡此種種都有悖於動物主義的精神，三口公豬可費了好大力氣。一些最最愚蠢的問題都是那匹白母馬莫麗提出來的。她向雪球提的第一個問題是：「造反過後還有沒有方糖？」

「沒有，」雪球說得毫不含糊。「我們這個場裏沒有製糖的設備。再說，你並不需要糖。你所需要的燕麥和草料，你都會有的。」

「那麼，我還可不可以在我的鬃毛上紮緞帶？」莫麗問。

「同志，」雪球說，「你如此念念不忘的那些緞帶，其實是當奴隸的標誌。你難道不懂得，自由的價值要高於緞帶嗎？」

莫麗表示同意，但聽起來並不十分信服。

公豬們還針對馴化了的烏鴉摩西散佈的種種謠言開展了更為艱苦的鬥爭。摩西是瓊斯先生特別鍾愛的寵物，專門刺探消息，搬弄是非，但他又有一等巧舌如簧的說嘴功夫。他聲稱知道有一個叫做糖果山的神秘之鄉，所有的動物死後都會到那兒去。據摩西說，它位於天上雲層後面一點兒的某個地方。在糖果山，每週有七個星期日，苜蓿一年到頭都是當令時鮮。方塊兒糖和亞麻籽餅全長在樹籬上。動物們厭惡摩西，因為他盡說瞎話不幹活，可是有些動物相信真有糖果山，三口公豬不得不費好多好多唇舌去說服他們明白，世上根本沒有這樣的地方。

三口公豬最忠實的信徒當數那兩匹拉套的馬——拳擊手和紫苜蓿。這二位遇事總要費極大的勁兒琢磨透了才行，不過一旦認定三口公豬是他們的老師，那麼，凡是向他們講解的內容，他倆都能消化吸收，然後再用簡單的道理傳達到其他動物那兒。兩匹馬參加穀倉的秘密集會從不缺席，而且每次集會結束時必唱的《英格蘭的生靈》，照例由他倆領唱。

不料形勢的發展卻會是這樣：造反竟然實現了，而且比任誰預期的提前了許多，也容易得多。過去好多年裏頭，瓊斯先生雖說是個嗇刻的東家，總還算得上一位能幹的農場主，可是近來卻流年不利。他在一場官司中輸了錢以後，變得非常沮喪，而且縱酒無度。有一段日子他會整天懶洋洋地坐在廚房內他那把十八世紀的細骨靠椅裏翻翻報紙，喝喝酒，偶爾給摩西餵點兒蘸了啤酒的麵包皮。他僱用的員工無所事事，居心不良，田裏長滿雜草，圈棚廄舍漏雨失修，樹籬久疏整剪，動物得不到足夠的飼料。

六月來臨，秣草差不多可以開鐮收割了。在施洗約翰節（六月二十四日）前夕的仲夏夜，那天是星期六，瓊斯先生去了趟維林敦，在紅獅酒吧喝得爛醉，直至星期天中午才回來。僱工們大清早給母牛擠了奶，便出外打野兔去了，壓根兒沒給動物們餵飼料。瓊斯先生一回來，馬上到起居室沙發上睡覺去了，用一張《世界新聞報》兜臉一蓋。所以，直至黃昏時分，動物們尚未有人餵過。最後，他們餓得實在受不了，一頭母牛用角頂開了飼料棚的門，於是，所有的牲口開始自行從料箱裏取食。恰恰在這個當口兒，瓊斯先生醒了。轉眼間，他和他的四名僱工已經手持鞭子來到飼料棚，不看左右前後，劈劈啪啪就是一陣胡抽亂打。對於原本一直挨餓的牲口們來說，是可忍，孰不可忍？儘管事先沒有制定任何計劃，牲口們竟全體一致向施虐的人們猛衝過去。瓊斯和他的幾名僱工，突然發現自己遭到來自四面八方的頭牴腳踹。局面已完全不在瓊斯他們的掌控之中。以前他們從未見到動物有過如此行為，他們對牲口的一貫做法就是任意抽鞭子、施虐待，這些牲口此番突如其來的暴動，把他們嚇得差點兒神經錯亂。僅僅過了一小會兒，瓊斯他們就放棄了進行自衛的嘗試，溜之大吉。一分鐘後，他們五人全都沿着通往大路的馬車道拚命奔逃，而牲口們卻在後面乘勝追擊。

瓊斯太太從臥室的窗裏望出去，正好看到所發生的這一幕，趕緊把少數幾件細軟扔進一個毯製手提包，從另一條通道溜出農場。摩西跳離了棲木架，張開翅膀跟在她後面呱呱大聲亂叫。與此同時，動物們已把瓊斯和他的僱工們攆上了大路，並且把共有五道門的大門轟然關上。就這樣，幾乎沒等到他們弄清楚究竟是怎麼回事，造反就已經大功告成：瓊斯被掃地出門，莊園農場是動物們的了。

最初幾分鐘，動物們簡直無法相信他們的運氣會這樣好。他們的第一個行動是全體出動沿着農場的地界繞場奔跑，彷彿要完全肯定再也沒有一個人躲在場內的甚麼地方；然後他們又跑回農場的居住區，把可恨的瓊斯統治遺留下來的一切痕跡統統掃除乾淨。馬廄盡頭的挽具房被撞開；馬嚼子、鼻環、狗鏈、瓊斯先生過去常用來閹割豬羊的那些兇殘的刀子，一股腦兒全給拋到井下去。繮繩、籠頭、眼罩、固定在頭上套住鼻子的飼料袋（非常有損牲口的尊嚴），被扔進點燃在院子裏的垃圾堆。鞭子的下場也一樣。當動物們看到鞭子在火燄中燃燒起來時，全都高興得又蹦又跳。逢到趕集的日子通常扎在馬鬃毛和馬尾巴上的緞帶，也被雪球扔進了火堆。

「緞帶和衣服一樣，」他說，「應當被視為人類的標誌。所有的動物都應當一絲不掛。」

拳擊手一聽到這話，便摘下他夏天戴着防蒼蠅鑽進耳朵的一頂小草帽，把它跟其他東西一樣扔到火堆上去。

不多一會兒工夫，動物們已把會令他們想起瓊斯先生的一切東西全部消滅。接下來拿破崙帶領大家回到飼料棚，給每一頭牲口發放雙份穀物飼料，給每一條狗兩塊餅乾。於是他們把《英格蘭的生靈》從頭至尾連唱七遍，然後安定下來準備就寢。這一宿他們睡得真是舒坦，那是以前從來沒有過的。

但是他們照例在黎明時分就醒來，突然想起了已經發生的盛大喜事，所有的牲口一齊跑出去奔到牧場上。沿牧場往前不遠處有一個小山丘，從那兒能把大半座農場盡收眼底。牲口們衝到山丘頂上，在明淨的晨光中環視四周。沒錯兒，周圍他們所能看到的一切——都是他們的了！懷着這個想法帶來的狂喜，他們繞着山丘一圈又一圈奔騰雀躍，不時向空中猛躥猛跳，以宣洩洶湧澎湃的興奮心潮。他們在朝露中打滾，把夏天甘美的牧草嫩尖咬下來塞滿一嘴又一嘴，踢起地上的一塊塊黑土，狠狠地嗅着那股濃郁的芳香。然後他們把整個農場巡視一遍，滿懷無言的深情對耕地、草料田、果園、池塘、小樹叢一一加以縱覽。好像此前他們從未見過眼前這一切，直到現在還難以相信這些都是他們自己的財產。

接下來他們排成單行返回農場居住區，可是到了農場主的住宅外面，卻逡巡不前不做聲了。這所房屋也已歸他們所有，但是他們害怕到裏邊去。過了一會兒，雪球和拿破崙還是用肩胛把門頂開，於是動物們一個個成縱行走進去，步子邁得極其小心，生怕驚動甚麼似的。他們踮着腳從一間屋子走到另一間屋子，說話的聲音不敢高過耳語，用敬畏的目光直盯着這些難以置信的奢華排場，包括床上的羽絨被褥、梳妝鏡、馬鬃沙發、布魯塞爾地毯、起居室壁爐架上方牆上維多利亞女王的石印畫像。他們才下樓梯，便發覺莫麗不見了。有些動物回到樓上去尋找，發現她落在後面最漂亮的一間臥室內。她從瓊斯太太的梳妝台上拿了一條藍色緞帶，正把它舉到自己肩旁對鏡比劃着，那副顧影自憐的醜態要多蠢有多蠢。動物們給了她一頓尖厲的搶白之後走了出來。掛在廚房裏的幾隻火腿被拿出去，準備好生埋掉。洗碗間裏那桶啤酒讓拳擊手踢了一蹄子給鑿破了。除此以外，宅內的東西連碰也沒碰過。一項決議當場就獲得一致通過，那就是：農場主的住宅將保留下來作為紀念館。大家同意任何動物永遠不可住在裏邊。

動物們各自吃了早餐，然後雪球和拿破崙再次把大家召集到一起。

「同志們，」雪球說，「現在才六點半，我們將要幹上長長的一整天。今天我們開始收穫草料。但是另外有一件事必須首先予以關注。」

此時豬頭頭們才透露，過去三個月他們通過自學一本舊的拼音課本學會了讀和寫，那課本原先屬於瓊斯先生的孩子們，剛才給扔到垃圾堆上燒了。拿破崙打發手下弄來幾桶黑漆和白漆，自己領頭朝着通向大路的五門大門走去。於是，由雪球（因為雪球的字寫得最棒）用前蹄的兩個膝關節夾起一把刷子，把大門最上端一道門上的「莊園農場」幾個字塗掉，改漆為「動物農場」。從今往後，農場就用這個名兒。完了以後，大夥回到農場居住區，雪球和拿破崙派手下去搬來一架梯子，把它靠在大穀倉一端的外牆上。豬頭頭們解釋道，通過過去三個月的學習，他們已成功地把動物主義的原理精簡為《七誡》。這七條戒律現在就要題在牆上；它們將構成一部不可變更的法典，動物農場全體動物往後的生活必須永遠以這部法典為準繩。雪球頗費了些周折才爬上去（因為一口豬要在一架梯子上保持平衡可不是件容易事兒），接着開始工作，由吱嘎提着油漆桶扒在稍低幾磴處。戒律用白漆大字母寫在塗過柏油的牆上，從三十碼以外也看得清楚。上面寫的是：

七誡

一、凡用兩條腿行走的都是敵人。
二、用四條腿行走或長翅膀的，都是朋友。
三、凡動物都不可穿衣服。
四、凡動物都不可睡床鋪。
五、凡動物都不可飲酒。
六、凡動物都不可殺任何別的動物。
七、凡動物一律平等。

全文寫得非常工整，只是 friend（朋友）一詞寫成了 freind，還有一個 S 寫反了變成S，此外的拼寫全部正確。雪球把全文大聲朗讀一遍，是給其他動物聽的。所有動物頻頻點頭表示完全贊同，其中最聰明的幾位立即開始默誦《七誡》。

「現在，同志們，」雪球扔下漆刷喊道，「向草料田，出發！我們一定要比瓊斯他們收割得更快，這是我們榮譽攸關的一件大事。」

有三頭母牛先前一段時間看起來已經很不好受，此刻索性哞哞大叫起來。她們已有二十四小時沒擠過奶，她們的乳房都快脹破了。稍加考慮後，豬頭頭們讓手下取幾隻奶桶來，十分成功地為她們擠了奶——敢情豬爪子幹這活兒倒是挺好使。很快，五桶冒着泡沫的高脂牛奶已經放在那兒，好多動物瞅着它們，對之懷有濃厚的興趣。

「所有這些牛奶會怎麼處置？」有一位問。

「瓊斯有時候會把它們摻一些到我們的飼料裏去，」一隻母雞說。

「同志們，先別管牛奶！」拿破崙喊道，同時挺身而出站到奶桶前面。「這事會得到妥善處置的。眼下收割更重要。由雪球同志先領頭出發。我過一會兒就跟上來。同志們，前進！草料田正等着呢。」

於是動物們整隊前往草料田開始收割。到傍晚他們回來時，發現牛奶已經不見了。

3

他們為了把草料收割起來，真不知幹得有多辛苦，流了多少汗！但他們的努力還是有了回報，因為收穫取得很大成功，甚至大過他們的希望。

有時候工作很是費勁；工具都是為人而不是為動物設計的，動物不會使用要求靠兩條後腿站着操作的任何工具，這是一大障礙。不過豬非常聰明，他們總能想出辦法來繞過每一道難關。至於說到馬，他們對每一寸土地都瞭如指掌，實際上對割草和耙地這些事兒，遠比瓊斯和他的僱工們在行。豬其實並不幹活，只是指揮和監督其他動物。憑借超群的知識，他們自然會充任領導者的角色。拳擊手和紫苜蓿自己套上割草機或馬拉耙（嚼子和繮繩如今當然用不着了），踏着沉穩的步伐在地裏繞來繞去，由一頭豬在後面一邊走，一邊視不同情況吆喝「駕，加油，同志！」或者「吁，退後，同志！」每一隻動物，包括最不起眼的在內，都參與翻草、撿草之類的活兒。就連雞和鴨也整天在太陽下來回奔忙，用他們的嘴銜可憐的幾小把乾草。最終他們完成了這次收割，比瓊斯和他的僱工們通常所需的時間少了兩天。此外，這還是農場歷來取得的最大最大一次豐收。浪費可以說一點兒都沒有；雞和鴨眼尖，哪怕落下一根草也會撿起來。農場的無論哪隻動物，甚至沒有偷吃過一口草。

整個夏天，農場的工作一直有條不紊，運轉有如鐘錶。動物們都很幸福，他們從來無法想像能過得這樣開心。每一口食物都是一份實實在在的快樂，就由於如今這真正是他們自己的食物，而不是由摳門的東家佈施給他們的。自從毫無價值、只會當寄生蟲的人們給轟走以後，每一隻動物都有了更多吃的東西。休閒的時間也更多了，儘管動物們對之還不適應。他們遇到了許多困難——比如到了一年的晚些時候，收穫穀物的季節，由於農場沒有脱粒機，動物們不得不依老法把穀粒踩下來，靠吹氣去殼。不過，豬頭頭憑借他們的聰明才智，拳擊手則仗着其了不起的膂力，總能排除萬難。拳擊手受到所有動物的愛戴。即使在瓊斯時代，他幹活就是不怕苦不怕累，而現在他看起來更像是三匹馬，而不像一匹馬。有一些日子農場所有的活似乎全都落在他孔武有力的肩膀上。從早到晚，他總是推呀拉呀，哪兒的活最苦最累，哪兒一定有他。他跟一隻小公雞約定，讓小公雞早晨比為別的動物報曉早半個小時叫醒他，在一天的常規勞動開始之前，先參加一些義務勞動，只要是最需要出力的地方，幹甚麼都行。不論碰到甚麼難題，不論遭遇甚麼挫折，他的回答照例就一句話：「我會更加努力工作！」——這已經成了他的格言。

與此同時，每一隻動物也都各自在從事力所能及的勞動。就以雞和鴨為例，他們在收穫季節靠撿散落的穀粒減少的損失就有一百八十升之多。沒有當小偷的，沒有為口糧份額發牢騷的，往日裏屬於生活中家常便飯的吵架、互咬、妒忌等等，幾乎已經看不到了。沒有曠工的，或者幾乎沒有。誠然，莫麗早晨素有賴床的壞習慣，還老是以石子硌腳為理由提前收工。而貓的作風又比較獨特。不久大家注意到，每當有活要幹的時候，卻怎麼也找不到這隻貓。她往往一連好幾個小時蹤影全無，及至開飯時間或晚上活都幹完了，她又重新現身，好像甚麼也沒有發生過似的。但她每次都準備好鑿鑿有據的託詞，而且嗚嚕嗚嚕地說得十分動聽，任誰也沒法不信她的一片好心。驢子老本傑明看上去打從造反以來毫無變化。他還跟瓊斯時代一樣慢騰騰、倔頭倔腦地幹他自己的活，從不偷懶，可也從不自願幹份外的活。對於造反及其所產生的結果，他不發表任何意見。當被問到既然如今瓊斯跑了他是否比以前快樂時，他只說：「驢子的壽命很長。你們中還沒有誰見到過一頭驢子死掉。」聽到如此玄之又玄的回答，別的動物還能說些甚麼呢？

星期日無須工作。早餐比平日晚開一小時，餐後有一項每週無例外地都要舉行的儀式。首先是升旗。雪球在挽具房裏找到瓊斯太太的一塊綠色舊桌布，便在上面用白漆畫了一隻蹄子和一隻頭角。每個星期日上午，在農場主宅內園中被扯上旗杆的就是這塊布。雪球曾解釋說，綠色的旗幟代表英格蘭的田野，白色的蹄子和頭角標誌着未來的動物共和國，這個共和國將在人類最終被推翻後興起。升旗式之後，所有的動物列隊進入大穀倉參加一個叫作碰頭會的全體大會。接下來這一週的工作將在此做出安排，提出議案，進行討論。提決議草案的總是豬。別的動物懂得如何投票，可是從來不考慮提出自己的議案。在討論中表現最積極的無疑是雪球和拿破崙。不過，大家注意到，這二位的意見從來不一致：他倆中不論由誰提出的建議，另一位定然會加以反對。有件事兒已經定了下來，就是把果園後面的一小片牧草地留作過了勞動年齡的動物養老之家——此事本身誰也不會反對，可是在如何確定每一等級的動物退休年齡問題上，照樣發生了一場暴風雨般激烈的辯論。碰頭會結束時照例唱《英格蘭的生靈》，下午是娛樂活動時間。

豬們把挽具房騰出來作為他們自己的指揮部。每天晚上，他們在這兒照着他們從農場主宅子裏拿來的書本子學習打鐵、木工以及其他各種必要的手藝。雪球還忙於發動別的動物參加各種他稱之為動物委員會的組織。他幹這等事可謂百折不撓，樂此不疲。他為雞們建立產蛋委員會，為母牛成立清潔尾巴聯盟，還搞起了野生同志再教育委員會（其宗旨乃是馴服大老鼠和野兔）、羊毛增白運動，還有許多別的名堂，不一而足，至於組織識字班和寫字班還不計在內。就總體而言，這些計劃完全歸於失敗。比方說，馴服野生動物的嘗試，幾乎立刻垮了台。他們的行為和過去一模一樣，當他們得到寬厚對待時，反而覺得有機可乘。貓參加了再教育委員會，幾天內表現得非常積極。一天，她被看見正蹲在屋頂上向幾隻麻雀說話（麻雀們所處的位置剛剛在貓夠不着的地方）。貓對麻雀說，如今所有的動物都是同志了，隨便哪隻麻雀只要願意，都可以走過來待在她的爪子上；然而麻雀們依舊保持着他們的距離。

不過，識字班和寫字班卻大獲成功。到秋天，農場的每一隻動物多多少少也算有了些文化。

至於豬，他們已完全掌握了閱讀和書寫。狗們閱讀的成績也相當不錯，只是他們除了《七誡》，對於唸任何別的東西一概不感興趣。母山羊慕莉爾某些東西能唸得比狗還好，傍晚時分往往把她從垃圾堆上發現的報紙殘片拿來唸給其他動物聽。本傑明閱讀的本領並不比任何一頭豬差，但從不進一步鍛煉他的才幹。他說，據他所知，根本沒有甚麼值得閱讀的東西。紫苜蓿認得所有的字母，就是不會把字母拼成單詞。拳擊手才學到D，往後就邁不過去了。他會用他的大蹄子在塵土地上勾勒出A，B，C，D，然後站在那兒直勾勾地盯着它們，兩耳往後一扺，時而抖一下他的額毛，拚命在想下面的字母，可是怎麼也想不起來。的確，有那麼幾回，他也學着認E，F，G，H，但是等到他把那幾個字母認下來了，卻發現他把A，B，C，D給忘了。最後他決定權且先把頭四個字母記牢，並且每天總要寫上一兩遍以期常記常新。莫麗除了構成她自己名字的幾個字母以外，拒絕再學習任何東西。她會用一些細枝丫把那幾個字母整齊地一一擺出來，再用幾朵花兒稍稍加以裝飾，然後繞着它們轉圈兒欣賞，越看越覺得美。

農場裏的其他動物，都沒能走得比A更遠。另外還發現，像羊、雞、鴨這些比較笨的動物，沒法兒把《七誡》全記住。經過深思熟慮，雪球宣佈《七誡》其實可以壓縮為一句格言：「四條腿好，兩條腿壞。」他說，這句格言包括了動物主義的精髓實質。無論誰徹底掌握了它，便能保證不受人類的影響。禽類首先提出反對，因為他們好像也是兩條腿，但雪球向他們證明並非如此。

「同志們，」他說，「禽類的翅膀是主要起推進作用的器官，而不是主要起操控作用的器官，所以應當被看作是腿。人的區別性標誌是手，人正是用它來幹一切壞事的。」

禽類聽不懂雪球那些冗長拗口的詞語，但是接受了他的解釋，於是所有那些較卑微的動物下力氣背起新格言來。**四條腿好，兩條腿壞**，被題寫在穀倉一端的外牆上，既高於《七誡》，而且字體更大。綿羊們一旦把這條新格言背下來後，對它激發起一種強烈的愛，往往在牧草地上一躺下，便全都咩咩地叫起來：「四條腿好，兩條腿壞！四條腿好，兩條腿壞！」一連會叫上好幾個小時，絲毫不感到厭煩。

拿破崙對雪球搞起來的各種委員會不感興趣。他說抓小動物的教育比抓已經長大的動物的任何工作更為重要。偏巧傑茜和藍鈴鐺在收割草料後不久便雙雙生了小狗，她倆共產下九隻壯仔。小狗仔剛一斷奶，拿破崙就把他們從母親身邊帶走，說他要對他們的教育負責。他把小狗們弄到只能從挽具房一架梯子爬上去的一個閣樓裏，對外界瞞得緊緊的，使農場的其他動物很快把小狗的存在這一茬給忘了。

牛奶不知去向之謎不久便告澄清。牛奶每天都給摻進了豬食。早蘋果這會兒正在成熟，果園草坪上已散落着被風吹下的果實。動物們早就擺出一副這些蘋果當然應由大家均分的架勢；然而某一天有命令傳來，說吹落的蘋果必須收集起來送到挽具房去給豬們享用。某些別的動物於是對此做出咕咕噥噥的反應，但不起作用。在這一點上，所有的豬態度完全一致，甚至雪球和拿破崙亦然如此。吱嘎被派去向其他動物作必要的解釋工作。

「同志們！」吱嘎尖聲喊道。「難道你們認為，我們豬這樣做是自私自利和享受特權的一種表現？我希望你們不這樣想。我們有許多同志其實討厭牛奶和蘋果。我自己就討厭它們。我們食用這些東西的唯一目的就是保持我們的身體健康。牛奶和蘋果（同志們，這都是經科學證明了的）含有一口豬保持身體健康不可或缺的物質。我們豬是腦力勞動者。本農場的整個管理組織部門全都依靠我們。我們白天黑夜都在守護着你們的福祉。正是為了**你們**，我們才喝那些牛奶，吃那些蘋果。要是我們這些豬無法恪盡厥責，你們可知道會發生甚麼？瓊斯將會回來！是的，瓊斯將會回來！同志們，想必……」吱嘎幾乎在用懇求的語調呼籲，同時身子跳來跳去，尾巴搖個不停，「……想必你們當中沒有誰願意看到瓊斯回來吧？」

如果說在某件事情上動物們的態度毫無爭議的話，那就是他們都不願意瓊斯回來。如果問題以這樣的角度擺到他們面前，那麼，動物們再也無話可說了。讓豬們保持良好的健康狀態，其重要性是再顯而易見不過的了。於是，大家無須繼續爭論便同意，讓牛奶和被風吹落的蘋果（再加上成熟蘋果收成中的大頭），歸豬們獨享。

4

夏天過了一大半時，動物農場發生的事情，已在郡內一半地區傳開。雪球和拿破崙每天放飛好幾批鴿子，這些鴿子都得到指令與附近各農場的動物混在一起，把造反的故事告訴他們，並且向他們傳唱《英格蘭的生靈》的曲調。

這些日子瓊斯先生大部份時間都消磨在維林敦的紅獅酒吧，向每一個願意聽的人訴說自己遭遇的彌天不公，居然被一幫狗屁不如的畜生從自己的農莊裏掃地出門。別的農場主從道義上都表示同情，但剛開始時並沒有給他太多幫助。他們每個人心中都在盤算，自己也許有可能設法從瓊斯的不幸中撈到好處。所幸與動物農場毗鄰的兩家農場業主彼此間素來不睦。一家名叫狐苑的，是一座老式大農場，長期疏於管理，到處雜樹叢生，牧場地力耗盡，樹籬無人整修。它的主人皮爾金頓先生是一位逍遙派鄉紳，大部份時間都消磨在釣魚或狩獵上——視季節而定。另一家農場名為撬棍地，面積小些，經營狀況卻要好些。業主弗雷德里克先生是個兇橫而又狡詐的人，接連不斷地捲入詞訟，以狠辛對手和特別難纏出名。他們二人互相憎惡到這般地步，以致對他們來說想達成任何協議都十分困難，即便事關保護他們雙方的利益也同樣如此。

不過動物農場造反的消息還是把這二位都嚇壞了，急煎煎地只想阻止他們自家的動物獲悉太多這方面的情況。一開始，他們還故作鎮靜，認為動物居然想要自己管理農場這個主意太可笑了。他們說，這場風波頂多鬧上兩個星期就會過去。據他們估計，莊園農場（他們堅持使用舊稱；他們無法容忍「動物農場」這個名稱）的牲口必將沒完沒了地打架互毆，而且很快都會餓死。及至一段時間過去了，那裏的動物顯然沒有餓死，弗雷德里克和皮爾金頓又改腔換調，開始談論目下在動物農場可怕的獸行妖風甚熾。據稱那裏的動物已在不折不扣地食同類之肉，用燒紅的馬蹄鐵互相施虐，對雌性配偶實行共有。這是違背自然法則悍然造反帶來的必然結果，弗雷德里克和皮爾金頓如是說。

這些離奇的故事說歸說，但人們從來沒有完全信以為真。至於有一個很不尋常的農場，那裏的人都給轟走了，動物自行管理他們自己的事務——這等傳聞倒是一直不絕於耳，雖則語焉不詳，而且走樣得厲害。總之，整整一年裏頭，一股造反的浪潮已席捲鄉村。一向很聽使喚的公牛一下子野性勃發；綿羊撞倒樹籬，把苜蓿地吃得一片狼藉；母牛踢翻奶桶；行獵馬拒絕躍過柵欄，卻把騎者甩了過去。最不可思議的是，《英格蘭的生靈》的曲調乃至歌詞，到處都在傳唱，其傳播速度之快，着實令人吃驚。人們聽了這首歌，儘管表面上嗤之以鼻，其實按捺不住一腔怒火。他們説，簡直無法理解這等貨色怎麼會大行其道，就算是動物也不應該墮落到去唱如此可惡的垃圾。所以，凡是動物唱這首歌給逮住，就得當場挨一頓鞭子。可是這首歌依然壓不下去。黑鳥在樹籬中打的唿哨是這支歌，鴿子在榆樹叢裏咕咕地叫着的也是它，它滲透進了鐵匠舖的打鐵聲和教堂鐘鳴的音調。人們傾聽這歌聲，禁不住暗暗打寒顫，似乎從中聽到了他們自己在劫難逃的預告。

十月初，穀物已收割完畢，堆成垛，部份已經脱粒，這時，有一群鴿子飛旋着穿空而過，降落到動物農場的院子裏，神色萬分緊張。原來是瓊斯帶領他所有的僱工，再加上來自狐苑和撬棍地的另外六名人手，已進入有五道閂的大門，正沿着通農場的馬車道走來。他們全都手執棍棒，只有帶隊的瓊斯手中拿着一支獵槍。顯然，他們是企圖奪回農場而來。

此舉早在預料之中，而且一切準備工作也都做好了。雪球研究過從農場主宅內發現的一本舊書，是關於愷撒大帝歷次重大戰役的，故而防禦戰事由他來指揮。他迅即發佈一道道命令，才幾分鐘時間，每一隻動物都已進入自己的戰鬥崗位。

當來犯的人們逼近農場居住區時，雪球發動了他的第一次攻擊。為數多達三十五羽的一群鴿子傾巢出動，在人們頭頂上方飛來飛去，從半空中衝他們劈頭蓋臉拉下屎來。正當人們在閃躲鴿糞的時候，藏匿在樹籬後面的一大群鵝，衝了出來狠啄人們的腿肚子。不過，這僅僅是一次小接觸，旨在製造一點小小的混亂，人們用棍棒一陣揮舞就把鵝趕跑了。接下來雪球開始啓動他的第二輪攻擊。慕莉爾、本傑明加上所有的綿羊，在雪球率領下向前，猛衝，從四面八方用尖角戳、用腦袋撞來犯者，其時本傑明則轉過身去用他小小的後蹄尥蹶子。但他們再次不敵人們的棍棒和帶釘的靴子；忽然間，隨着雪球發出作為撤退信號的一聲喊叫，動物們一齊掉過頭去從大門口退入院子。

來犯者發出一陣得勝的歡呼。他們按自己的想像一看，見敵方正在潰逃，對己方的人員部署未加調整便貿然追擊。這恰恰中了雪球的計謀。來犯者剛進入院子深處，三匹馬、三頭母牛以及所有的豬原先就埋伏在牛棚裏，此刻突然出現在來犯者的後方，正好把敵人的退路切斷。雪球這才發出衝鋒信號。他自己直撲瓊斯。瓊斯見他撲上來，舉槍就放。鉛沙彈擦着雪球的背部劃出幾道血痕，一隻羊卻倒下去死了。雪球甚至沒有一剎那的猶豫，便把自己這二百多磅直衝瓊斯的兩條腿猛撞過去。瓊斯給拋進一個畜糞堆，他的獵槍也從他手中飛了出去。但是模樣最最嚇人的要數拳擊手，他後腿着地前身豎立起來，像一匹種馬揮舞着釘有鐵掌的兩個大蹄子。他擊出的第一拳就打在來自狐苑的一名馬倌腦袋上，後者直挺挺倒在泥漿裏一動不動。有幾個來犯者見勢不妙，紛紛扔下棍棒，打算落荒而逃。他們給嚇得魂靈出了竅，緊接着，全體動物一起攆着他們在院子裏繞着圈兒跑。人們一個個都飽受頂撞、踹踢、齒咬和踩踏。農場的每一隻動物無不各顯神通向人們進行報復。就連那隻貓也一下子縱身離開屋頂跳到一名牛倌肩膀上，把爪子插進他的脖子，疼得那牛倌沒命地慘叫。有一眨眼的工夫，並無動物堵在門口，喜出望外的來犯者瞅準時機衝出院子，朝着大路的方向逃之夭夭。就這樣，這次入侵沒有超過五分鐘，人們便從他們來的那條路上很不光彩地倉皇敗退，後面還有一群鵝發出噓聲緊追不捨，一路尚且頻頻啄他們的小腿。

所有的人都走了，只有一個除外。那馬倌臉朝下躺在泥漿中，回到院子裏的拳擊手正用蹄子輕輕觸摸着他，嘗試着想把他翻過身來。馬倌一動也不動。

「他死了，」拳擊手悲傷地說。「我沒有這樣做的本意。我忘了自己穿着鐵靴子。誰會相信我不是故意幹了這件事？」

「不必傷感，同志！」自己身上有幾處傷口還在滴血的雪球說。「戰爭就是戰爭。只有一種人是好的，那就是死人。」

「我不願殺生奪命，甚至不願傷害人的生命，」拳擊手一再重申，兩眼噙滿了淚水。

「莫麗到哪兒去了？」有動物驚呼。

莫麗確實不見了。一時間動物們大起恐慌；大家擔心那幫人也許會用甚麼手段傷害她，甚或把她擄走。不過最後發現原來她躲在自己廄內，把腦袋埋在馬槽的草料之中。剛才槍聲一響，她撒腿就逃。及至其他動物找到她以後回到院子裏，發現那馬倌此前其實只是被打昏了，現已甦醒過來後離去。

動物們重又聚集到一塊兒，心情之激奮達於極點，每一位都扯開嗓門一而再、再而三地列舉自己在剛才那一仗中的赫赫戰功。一場未經籌備的祝捷慶功會說開就開。旗幟升起來了，《英格蘭的生靈》一連唱了多遍，給被槍打死的那隻羊舉行了莊嚴隆重的葬禮。雪球在墓旁發表簡短講話，強調所有的動物都須作好準備為動物農場獻身，如果有此必要。

動物們一致通過決定設立軍功勳章。「一級動物英雄」勳章就在彼時彼地頒發給雪球和拳擊手。那是一枚銅牌（實際上從挽具房裏找到過好幾塊舊的銅質馬飾），以便在星期天和節假日佩戴。另有「二級動物英雄」勳章一枚被追授與犧牲的綿羊。

圍繞着這一仗該取個甚麼名兒，大家議論紛紛。末了它被命名為牛棚戰役，因為伏兵正是從那裏殺出來的。瓊斯先生的獵槍被發現掉在泥漿裏，動物們得知農場主宅內還有備用的槍彈。於是決定把那支獵槍架靠在旗杆腳下，就當它一門禮炮，一年鳴放兩回：一回在十月十二日，紀念牛棚戰役；一回在六月二十四日施洗約翰節，紀念動物造反。

5

隨着冬季的臨近，莫麗招惹的麻煩也變得越來越多。每天早上她出工老是遲到，她為自己開脱的理由無非説她睡過了頭，還抱怨身上莫名其妙地這兒疼那兒疼，儘管她的胃口奇佳。她會找各種各樣的藉口逃避勞動，來到飲水池邊，站在那兒癡呆兮兮地凝望着水中她自己的倒影。但是另外有些流言涉及的問題更非無足輕重。一天，莫麗擺動着她的長尾巴，口中嚼着一根乾草，瀟瀟灑灑地走進院子時，紫苜蓿把她拉到一旁。

「莫麗，」她説，「我有件非常嚴肅的事要對你説。今天上午我看到你朝着把動物農場跟狐苑隔開的那道樹籬另一邊張望。皮爾金頓先生的一名僱工當時正站在樹籬的另一邊。而且——我離得比較遠，但我幾乎可以肯定我看見了——他在跟你説話，你還讓他撫摩你的鼻子。那究竟是怎麼回事，莫麗？」

「他沒有！我也沒有！這不是真的！」莫麗喊道，並開始連連騰跳，用蹄子刨地。

「莫麗！正面看着我。你敢不敢用名譽做擔保那個人沒有撫摩過你的鼻子？」

「這不是真的！」莫麗一再重複這句話，但她卻不敢正面看紫苜蓿。隨後她拔腿就逃到田野裏去了。

紫苜蓿想出了一個主意。她甚麼也沒有告訴別的動物，徑自走到莫麗廄裏，用蹄子把乾草全翻過來。藏在乾草下面的有一小堆方糖和好幾紮各種顏色的緞帶。

三天後，莫麗失蹤了。好幾個星期關於她的行蹤音信全無。後來鴿子報告說，他們在維林頓的另一邊見到過她。莫麗套着一輛漆成紅黑雙色的漂亮雙輪車，停在一家酒館外面。一個穿格子短褲、裹着綁腿的紅臉胖子，看上去像酒館老闆，正撫摩着莫麗的鼻子，給她餵糖塊。她的毛新近剛修剪過，額頭上繫着一條猩紅色的緞帶。她看上去挺得意——這是鴿子說的。動物中再也沒有誰提到莫麗。

一月份的氣候苦寒難熬。土板得像鐵塊，地裏甚麼活也幹不成。大穀倉裏已開過好多次會，豬們忙於制定該季節的工作計劃。大家都已認同，事關農場方針大計的所有問題，都由顯然比其他動物更聰明的豬們去解決，雖然他們的決定必須得到多數票批准。要不是雪球和拿破崙之間老是爭論不休，上述安排本可推行得相當順利。這二位在可能發生分歧的每一點上沒有不發生分歧的。如果他倆中的一位提議播種更多面積大麥，另一位肯定要求擴大燕麥的播種面積；如果一位說如此這般的一塊地種圓白菜正合適，另一位就會斷言那兒除了種胡蘿蔔之類的根用作物毫無用處。每一位都有自己的追隨者，兩派之間曾有過幾回唇槍舌劍的交鋒。在碰頭會上，雪球憑其精彩的演說往往贏得多數，但拿破崙有時候更長於為自己拉票爭取支持。他在綿羊中間特別吃得開。近來，綿羊們愛上了咩咩地唱「四條腿好，兩條腿壞」，卻不問是否合乎時宜，他們常使出這一招來打斷碰頭會。有動物注意到，每當雪球發言到達某些節骨眼時，綿羊們特別偏愛冷不防放聲歌唱「四條腿好，兩條腿壞」。雪球從農場主宅內找到了一些過期的《農場主與畜牧場主》，對這幾本雜誌做過仔細研究，腦袋裏裝滿了革新和改進的計劃。他談起農田排水管、青飼料、鹼性渣來可謂頭頭是道，他已設計出一套複雜的系統，讓所有的動物把他們的糞便每天從不同的地點直接排入農田，以節約馬車裝運的勞動。拿破崙從不搞他自己的設計方案，卻總是陰陽怪氣地說雪球的方案將不會有任何結果。看起來拿破崙在等待時機。但在他倆所有的爭議中，最激烈的莫過於圍繞風車問題爆發的一場論戰。

在離農場居住區不遠的長形牧草地那兒，有一座成為農場制高點的小山丘。雪球察看過地形後，認定這恰恰是適宜造一座風車的地方，可以安一台發電機組為農場供電。電除了為廄棚提供照明，冬天又可供暖，還能讓圓鋸、鍘草機、甜菜切片機和電動擠奶機轉起來。動物們過去從未聽説這等新鮮事（因為這是一家老式農場，只有一些最簡陋的機械），所以當雪球變魔術一般描繪一幅幅來日美景時，他們都聽得如醉如癡，在想像中看到各種神奇的機器替代他們幹活，他們自己只消在田野裏悠閒地吃草，或通過閱讀交談裨益心智。

僅在數星期內，雪球的風車計劃已完全搞出來了。機械方面的細節來自原先屬於瓊斯先生的三本書：《實用家居應知應會一千條》、《自己動手砌牆磚》以及《電工入門》。雪球把一度放孵化器的一間棚屋充當他的工作室，因為那裏鋪着光滑的木地板，可作繪圖之用。他貓在裏邊往往一呆就是幾個小時。他的書一本本打開着放在那兒，靠一塊塊石頭壓住，他用前蹄的膝關節夾住一支粉筆，很快地走來走去，一邊繪圖，一邊激動地發出短促的呼哧之聲。那些設想逐步變成錯綜複雜的一大堆槓桿和齒輪，幾乎覆蓋了大半間棚屋的地板，在別的動物眼裏完全不知所云，但顯得非常了不起。動物們至少一日一次要來看雪球繪的圖。就連雞鴨也每天必到，只是苦於不讓踩那些粉筆印記。唯獨拿破崙保持漠然置之的姿態。他從一開始就表明自己反對搞風車。然而有一天，出乎大家意料之外，他竟到那裏檢查計劃去了。他在棚子裏挪動沉重的軀體轉了幾圈，仔細看了平面圖的每一處細節，使勁嗅了幾下，接着站住片刻，僅用眼梢打量着它們；隨後突然抬起一條腿，衝那些平面圖撒了一泡尿，便揚長而去，一句話也不說。

整個農場在風車問題上陷入深刻的分裂狀態。雪球並不否認建造風車是一項困難重重的工程。需要開採石頭，砌牆，做風車的翼板，往後還需要發電機和電纜。（怎樣才能搞到這些東西，雪球沒有說。）但他堅持認為一切都可以在一年內完成。他斷言，到那時大量勞力可以節省下來，動物們每週只須工作三天。相反，拿破崙卻辯稱，目前的當務之急是增加糧食生產，倘若把時間浪費在風車上頭，他們都得餓死。於是動物們在不同的口號下分成兩大派：一派的口號是「擁護雪球和每週三天工作制」；另一派的口號是「擁護拿破崙和槽滿糧」。本傑明是不屬於任何一派的唯一動物。他既不信糧食會更加豐富，也不信風車能節省勞力。他認為，要風車也罷，不要風車也罷，日子一直是怎麼過的，往後還得怎麼過——也就是說，過得很糟。

除了圍繞風車的爭論以外，還存在着農場的防衛問題。大家充份認識到，雖然在牛棚戰役中人們吃了敗仗，但仍有可能發動更堅決的拚死一搏，以圖奪回農場，讓瓊斯先生復辟。那幫人比以前有更多的理由這樣做，因為他們吃敗仗的消息已傳遍十里八鄉，令附近各處農場的動物變得從未如此桀驁不馴。雪球和拿破崙照例意見相左。按照拿破崙的看法，動物們該採取的措施是搞到槍支並且學會使用。按照雪球的看法，他們必須放飛更多鴿子，並在其他農場的動物中間煽風點火鼓動造反。前者的論點是：假如動物們不能自衛，他們只有被征服的份兒。後者的論點是：假如到處發生造反，動物們就無須乎進行自衛。動物們先聽拿破崙的主張，接着聽雪球的見解，卻無法斷定哪種觀點是對的。其實，他們此刻正在聽哪一位發言，必定會發現自己認為這一位說的有理。

終於到了那一天，雪球把藍圖搞出來了。要不要開始建造風車的問題，將在次日的星期天碰頭會上進行表決。動物們在大穀倉裏聚集完畢後，雪球站起來發言，雖然間或被綿羊們的咩咩聲所打斷，他還是擺出了主張造風車的一條條理由。接着是拿破崙站起來提出反對意見。他胸有成竹地說，風車純屬無稽之談，他奉勸大家不要投贊成票，旋即重又坐下；他的發言僅僅用時三十秒，至於效果如何，他好像根本不在乎。雪球一聽，立即蹦了起來，他先喝令又咩咩叫起來的綿羊們閉嘴，繼而發表一篇充滿激情的演說，呼籲與會者投票支持建造風車。此前動物中持贊成和反對態度的數目大致相等，可是轉眼間雪球的口才使他們失去了自持。又髒又累的勞動重負從動物背上卸去以後，到那時動物農場將會出現怎樣的景象——雪球用神采飛揚的語言描繪的正是這樣一幅圖畫。現在他的想像力已把鍘草機、蘿蔔切片機之類遠遠甩在後面。他說，電力不但可以讓每一個廄欄擁有自己的電力照明、冷熱水、電熱器，還能夠使脫粒機、犁鏵、耙子、碾子、收割機、捆草機一一轉動起來。到他結束這篇演說的時候，投票的走勢已經不存在甚麼懸念了。但就在這個當口兒，拿破崙站起身來，斜對着雪球瞄了他異乎尋常的一眼，隨後發出一聲調門極高的嚎叫，以前任誰也從未聽到過他發出這樣的嚎叫。

會場外面頓時響起一片價驚心動魄的狺狺狂吠聲。九條戴着銅釘頸套的龐然大狗向穀倉裏衝了進來。他們朝雪球直撲過去，後者全靠及時縱身一躍從所處的位置跳開，才逃過那九副錚錚利牙這一劫。剎那間，雪球已到了門外，九條狗立即追上去。動物們愕然不知所措，全都嚇得說不出話來，紛紛擠到門外去看這場追逐。雪球正狂奔着穿過那塊通大路的長形牧草地。也只有豬才能如此奔跑，但那些狗緊追不捨。突然間，他滑倒了，看來這下肯定要落入九條狗掌中了。然而豬重新爬起來，跑得比任何時候更快，於是狗們又逼得越來越近，其中一條的鉗口幾乎已經夾住雪球的尾巴，但雪球死命一甩，總算及時掙脫。緊接着，豬傾全力作出驚險絕倫的最後衝刺，就差那麼幾英寸，終於鑽過樹籬的一個豁口僥倖脱身，一下子消失得無影無蹤。

驚魂未定的動物們爬回到穀倉裏，一個個都默不做聲。轉眼間，那些狗也都連蹦帶跳跑了回來。起初，誰也想像不出這九條狗是哪來的，但這一疑團很快就給解開了：那正是拿破崙從他們的母親那兒帶走並秘密私養的九隻小狗。儘管尚未完成長足，可已儼然是九條龐然大犬，且兇相十足，像一群惡狼。他們緊挨在拿破崙身邊。有動物注意到，他們朝着拿破崙搖尾巴的神態，跟另一些狗過去慣於向瓊斯先生做的姿態一個樣。

背後跟着這群狗的拿破崙，這會兒登上了往日少校站着發表演説的那個隆起的平台。他宣佈，從今往後星期日上午的碰頭會不再舉行。他説，開這種會毫無必要，純屬浪費時間。今後，有關農場運作的所有問題，將由一個專門委員會做出決定，其成員均為豬，由他親自擔任主席。豬委員們將秘密開會，以後再把他們的決議向其他動物傳達。動物們在星期日上午仍將聚集在一起向農場的場旗致敬，唱《英格蘭的生靈》，接受下達給他們的一週工作任務；但不再需要加以討論。

雪球遭到驅逐一事固然把大家都震蒙了，可動物們聽到剛才宣佈的這些決定仍感到十分沮喪。某些動物本想提出抗議，偏偏又找不到言之成理的論據。甚至拳擊手也隱約感到這事兒麻煩大了。他攏起兩隻馬耳朵，把前額晃了好幾下，力圖把自己的種種想法理出個頭緒來，但末了還是想不出該説些甚麼。有幾口豬自己倒是有一些語言表達能力。坐在前排的四口肉用小豬尖聲尖氣地做出了不贊成的表示，他們四個霍地一跳全都站將起來，同時開始發言。但坐在拿破崙周圍的九條狗驀地發出低沉而又兇險的吠聲，小豬們頓時不敢吱聲，重又坐了下來。此時綿羊們以嚇人的咩咩聲開始大喊「四條腿好，兩條腿壞！」——如此持續將近一刻鐘之久，導致試圖討論問題的任何努力統統無疾而終。

事後，吱嘎被派往農場各處轉了一圈，就新做出的安排向其他動物進行解釋。

「同志們，」他説，「拿破崙同志挑起了這副額外的重擔，我相信這裏的每一隻動物都高度評價他所做出的犧牲。同志們，別以為當領袖是件開心事兒！相反，這是一份深層次、沉甸甸的職責。沒有誰比拿破崙同志更堅定地相信所有動物一律平等。他巴不得能讓你們自己為自己做出決定。但有時候你們可能會做出錯誤的決定，同志們，那時我們將陷於何種境地？試想，假如你們決定跟着雪球走，去做他的風車白日夢——那麼，雪球，這個據我們現在所知比罪犯好不到哪兒去的雪球……」

「他在牛棚戰役中作戰很勇敢，」有動物說。

「光勇敢是不夠的，」吱嘎說。「忠誠和服從更為重要。既然談到了牛棚戰役，我相信總有一天我們會發現雪球在其中所起的作用被誇大得厲害。紀律，同志們，鐵的紀律！那才是今天的口號。只要走錯一步，我們的敵人又會騎到我們頭上來。同志們，你們總不要瓊斯回來吧？」

這個問題再次成為一條無可辯駁的硬道理。動物們當然不要瓊斯回來；如果說星期天上午的討論有可能導致瓊斯捲土重來的話，那麼討論必須停止。拳擊手這會兒已經有時間把一件件事情仔細想過，便說了如下一句代表大家感受的話：「既然拿破崙同志這樣說，那肯定錯不了。」從此他就一直把「拿破崙永遠正確」當作自己的信條，給他個人老掛在嘴上的那句「我會更加努力工作」又添上一句格言。

那時苦寒已告結束，春耕開始了。雪球在那兒為他的風車計劃繪製藍圖的一間棚屋已被關閉，並且假裝畫在地上的平面圖也已擦掉。每個星期日上午十點，動物們聚集在大穀倉裏接受本週的任務。老少校的那顆已無肌肉剩下的腦殼，從果園裏被挖掘出來置於旗杆下一個樹樁上，就在獵槍旁邊。升旗後，要求動物們必須排成單列縱隊恭恭敬敬地從腦殼前邊走過去，然後進入穀倉。如今他們已不像過去那樣大家坐在一起。拿破崙、吱嘎，加上另一口叫做小不點兒的豬（後者在寫詩譜曲方面具有很可觀的才能），坐在隆起的平台最前面，九條尚在青少年的猛犬在他們周邊圍成一個半圓形，別的豬坐在後面。其餘的動物面朝他們而坐，要佔去穀倉的大部份面積。拿破崙按照大兵的粗線條作風把一週的命令宣讀完畢，僅唱了一遍《英格蘭的生靈》，所有的動物便統統散去。

在雪球遭罷黜後的第三個星期天，動物們頗感意外地聽到拿破崙宣佈風車最終還是要造。他並沒有提出任何理由說明自己為甚麼改變主意，只是警告動物們這項額外的任務非常艱巨，甚至有可能必須削減他們的口糧。然而籌備工作直至每一個細節都已安排就緒。過去三週內，由豬組成的專門委員會一直在抓這件事。建造風車加上其他各種改進項目預計需花兩年時間。

那天晚上，吱嘎私下向另外一些動物透露，拿破崙其實從來沒有反對這風車計劃。相反，正是他一開始力主建造風車，而雪球曾經畫在孵化器棚內地上的草圖實際上是從拿破崙的文檔中偷走的。風車確實是拿破崙自己的創造。有動物問道，那他幹嗎在發言中又如此強烈反對造風車？這時吱嘎的表情顯得十分詭異。他說，那恰恰是拿破崙同志的高明之處。他**表面上好像**反對造風車，那純粹是作為排除雪球的一種迂迴戰術加以運用，因為雪球是一個危險的角色，又有相當壞的影響力。如今雪球已然失勢出局，計劃便可以向前推進而不受他的干擾。吱嘎指出，這就是所謂的策略。他接連重複了好幾遍：「策略，同志們，策略！」同時繞着圈兒跳來蹦去，開心地笑着擺動尾巴。動物們對於「策略」這個詞兒還不甚了了，但吱嘎說起來卻是那麼富有說服力，而碰巧也在吱嘎身邊的三條狗叫起來又如此顯示其威脅力，於是動物們沒有再問甚麼便認可了他的解釋。

6

那一年動物們自始至終像奴隸一般在幹活。但他們幹得舒心；他們捨得出力，不怕犧牲，清楚地意識到自己做的一切無不為了他們自己的福祉，也是為了他們同類及其後代的福祉，而不是為了一幫不勞而獲、專事偷盜的人。

整整春夏兩季，他們每週都要幹六十小時，到了八月份，拿破崙宣佈以後星期天下午也得照常幹活。這種勞動嚴格遵循自願原則，但凡是不參加的動物就得減去一半口糧。即便如此，有些任務仍然完不成，不得不留下尾巴。那年的收成略差於上一年，有兩塊地本應在夏初種上塊根植物，卻由於未能及時翻耕而無法播種。可以預見，即將到來的冬季日子不會好過。

風車工程遇上種種沒有預料到的困難。農場擁有一處不錯的石灰石採礦場，在一個棚子裏還發現存有大量沙子和水泥，按說造風車所需的材料手頭都有。但動物們首先解決不了的問題是怎樣把石頭砸成尺寸合適的小塊。看來除了用鎬和撬棍沒法幹這活，而這些工具動物都不會使，因為動物不能用後腿站立。在白費了幾週力氣之後，才有動物想到正確的主意——說白了就是利用地心引力的作用。巨大的圓石因體積過於龐大而無法直接利用，都躺在礦床裏閒置着。動物們用繩索拴住石頭，然後全體出動，牛們，馬們，羊們，凡是能抓住繩子的任何動物——有時候在緊要關頭連豬也來出把力——他們以簡直無法想像的慢速度把石頭沿斜坡拖到採礦場坡頂上，從崖邊推下去摔成碎塊。運輸已經摔碎的石塊就比較簡單了。馬一車一車地把碎石拉走，單塊兒的羊可以拖，就連母山羊慕莉爾和驢子本傑明也結成軛伴合拉一輛舊的雙輪輕便車。到夏末已經累積下夠多的石塊，建造工程在豬的指揮下於是開始。

但這是一個進度十分緩慢、勞動強度極大的過程。往往耗費一整天的努力僅僅把一塊大圓石拖到坡頂，偏偏有時候從崖邊推了下去卻沒有摔碎。拳擊手的力氣好像有其餘所有動物的力氣合在一起那麼大，要是沒有他，那就甚麼也幹不成。每當大圓石開始下滑，動物們發現自己被倒拽着往坡下掉，急得拚命喊叫的時候，總是拳擊手使勁兒死死往上拉緊繩子才把大圓石剎住。看到拳擊手寸步難移地咬緊牙關努力上坡，呼吸不斷加快，蹄尖子牢牢抓住地面，兩側碩大的軀體完全被汗珠覆蓋，動物們無不對他滿懷欽佩。紫苜蓿有時提醒他多多保重，別太勞累過度，但是拳擊手從來不聽她的。他的兩句口頭語——「我會更加努力工作」和「拿破崙永遠正確」——他認為用於回答甚麼問題都合適。他又跟小公雞有了新的約定，要小公雞清晨提前三刻鐘叫醒他，而不是原先的半小時。他會利用提前起床的這點兒時間（如今這樣的餘暇已經不多），獨自前往採礦場，撿起地上的碎石裝滿一車，在沒有誰幫他一把的情況下拉到選定建造風車的地點去。

整個夏季，動物們的日子過得還不算太壞，儘管他們的活很辛苦。如果說他們得到的食物並不比瓊斯時代多，至少不比那時少。因為只須養活自己，無須另外供養五個生活糜費的人——這種優勢非常之大，足以抵償好多挫折和失誤。在許多方面，動物辦事的方式效率較高，且節省勞力。例如清除雜草之類的活，就能幹得徹底乾淨，那是人類無法比擬的。再者，鑒於動物現在沒有偷竊行為，沒有必要把草場和耕地隔開，從而省下保養樹籬和門戶的勞力。不過，隨着夏天漸漸過去，各種各樣沒有預見到的短缺也開始露頭。農場需要煤油、釘子、繩子、狗吃的餅乾、釘馬掌的鐵，這些東西農場都不能生產。稍後還將需要種子和化肥，且不說各類工具以及最後需用於建造風車的機械設備。這些物資怎樣才能弄到，誰也無法想像。

一個星期天上午，動物們聚集到一起接受任務。拿破崙宣佈，他決定實行一項新政策。從今往後，動物農場將同附近別的農場進行貿易往來——當然不是為了達到任何商業上的目的，而只是為了獲得某些迫切需要的材料。他說，建造風車的需要必須壓倒其他一切需要。為此他打算賣掉一垛乾草和部份當年的小麥收成，以後如果還需要花錢，就得靠賣雞蛋彌補缺口，反正雞蛋在維林敦一直有銷路。拿破崙說，母雞應當愉快地承受這樣的犧牲，作為她們自己對建造風車的貢獻。

動物們再次意識到一種不可名狀的不自在感覺。永遠別跟人類打交道，永遠不要參與買賣交易，永遠不要使用貨幣——自從瓊斯被驅逐後，在第一次勝利的碰頭會上最早通過的一些決議中，不是明明有那幾條的嘛？所有的動物都沒有忘記當初通過這些決議時的情形，或者說，至少他們認為自己還沒有忘記。曾經反對拿破崙取消碰頭會的四頭青少年豬，此刻怯生生地提高嗓門似有話說，但他們一下子被那些猛犬兇巴巴地喝住，只得噤若寒蟬。正當其時，綿羊們照例開始咩咩地大唱其「四條腿好，兩條腿壞」，片刻的尷尬就這樣掩蓋了過去。最後，拿破崙舉起他的一隻前蹄示意噤聲，並宣佈他已經做好一切安排。將來無須任何動物去幹這件大家顯然最不願意幹的事——跟人類接觸。他打算把全副重擔都壓在自己肩上。住在維林敦的一位律師溫珀先生，已同意充當動物農場與外部世界之間的中介，他每星期一上午會到農場來接受指示。拿破崙結束發言時照例喊了一聲「動物農場萬歲！」在動物們唱完《英格蘭的生靈》後宣佈散會。

事後吱嘎到農場各處轉了一圈，設法打消動物們的疑慮。他向動物們保證，說甚麼不得參與貿易、不得使用貨幣的決議從未獲得通過，甚至沒有誰提過這樣的議案。這純粹是一種臆想，追起根來可能最初出自雪球散佈的謠言。有少數動物仍然感到吃不太準，但詭計多端的吱嘎向他們問道：「同志們，你們能肯定這決不是你們夢中發生的事，後來又信以為真？你們有沒有這樣一份決議的文字記錄？有沒有寫在甚麼地方的書面材料？」由於確實不存在這樣一類的任何記載，動物們也就承認是他們自己搞錯了。

溫珀先生按照事先的約定每週一來到農場。他神情詭秘，身材矮小，兩鬢蓄有絡腮鬍子，作為一名律師業務規模很小，但足夠精明，能夠早於其他任何人認識到動物農場需要一名經紀人，而佣金也並非微不足道。動物們懷着一種類乎憂懼的心理狀態觀察此人來了又走，走了又來，並且盡可能避開他。雖然如此，動物們看到拿破崙四足着地竟在給用兩條腿站立的溫珀下命令，一種自豪感便在他們心中油然而生，也使他們對這項新舉措的抵觸情緒有所緩解。動物與人類的關係現在跟過去已不完全一樣。人類對動物農場的敵視並不因後者欣欣向榮而稍有減弱；相反，人類比以往任何時候更加敵視這個農場。每一個人都抱定一種信念：這個農場遲早要破產，而最沒有疑問的一件事便是造風車必將以失敗告終。人們在酒館裏見面時，每每通過畫圖表相互論證，風車的垮台早已注定，或者就是造了起來也永遠運轉不了。然而，動物們正在有效地管理自己的事務這一點，使人們違背自己的意願對之產生了一定的敬意。這方面的一個跡象，乃是人們提到動物農場時開始使用其正式名稱，不再故意強調它原先叫做莊園農場。人們還放棄了支持瓊斯的立場，而後者對於奪回他的農場也已不存甚麼希望，乾脆住到本郡內的異地他鄉去了。除了通過溫珀，目下在動物農場與外界之間尚無接觸，但不時有傳聞提到，拿破崙即將跟狐苑的皮爾金頓先生或撬棍地的弗雷德里克先生達成一項確定無疑的商務協議——但絕對不是跟這二人同時成交，這一點已經被注意到了。

大概也就在那時候，豬們一下子搬進了農場主的住宅，把那裏作為他們的宿舍樓。動物們再次想起早先好像曾通過禁止這種行為的一項決定，而吱嘎又再次有能耐使大家相信問題不在於此。他說，作為農場首腦部門的豬應當有一個安靜的工作場所，這是絕對必需的。住樓房比住豬圈也更符合領袖尊貴的身份（近來吱嘎提到拿破崙時已慣於使用「領袖」這一頭銜）。話雖如此，某些動物仍然給鬧糊塗了，因為他們聽說豬們不單單在廚房裏用餐，並把起居室當作娛樂室，而且還睡在床上。拳擊手對此照例不置可否，只說了一句：「拿破崙永遠正確！」但紫苜蓿認為她記得確有明文規定不得睡床這一條，便走到穀倉一端的外牆下冥思苦想，力圖破解寫在那裏的《七誡》之謎。她發現自己頂多只識得個別字母，根本不會拼讀，於是去把母山羊慕莉爾找來。

「慕莉爾，」她說，「把第四誡念給我聽。上邊有沒有永遠不准在床上睡覺的話？」

慕莉爾費了些勁兒才拼讀出來。

「上邊說的是『凡動物都不可睡床**鋪被單**』，」她終於鄭重宣佈。

這就怪了，紫苜蓿居然不記得第四誡提到過被單；但既然都寫在牆上了，那一定就是這樣的。此刻，吱嘎在兩三條狗陪同下恰好經過那裏，他有的是從正確的角度透視整個問題的本領。

「同志們，看來，」他指出，「你們已經聽說，我們豬現在睡到農場主住宅的床上去了，是不是？幹嗎不睡？莫非你們以為甚麼時候有這一條針對**睡床**的禁令不成？床的意思僅僅是睡覺的地方而已。從正確的觀點來看，圈棚裏的一堆乾草同樣是床。戒律針對的是**被單**，因為那是人類的發明。我們已經把被單從農場主宅內的床上撤去，睡在上下兩條毯子中間。那也是非常舒適的床鋪！但是，我可以告訴你們，同志們，考慮到眼下有那麼多傷腦筋的工作都得由我們去做，這還夠不上我們所需要的舒適程度。你們不至於想要剝奪我們休息的權利吧，同志們？難道你們要把我們累得沒法履行我們的職責不成？你們中不會有誰願意看到瓊斯回來吧？」

在這個問題上動物們立刻向他明確表態，要他放心，爾後，關於豬睡農場主宅內的床這件事，就不再有誰談論了。過了幾天，總部宣佈從今以後豬每天早晨要比其他動物晚一小時起床，通知下達時，同樣沒有誰發牢騷。

到了秋天，動物們已經夠累了，但心情還算愉快。他們已經辛辛苦苦幹了一年，在賣掉部份草料和穀物之後，過冬的糧食儲備自然談不上十分富足，不過風車足以補償一切。這項工程差不多已建成一半。收割結束後，有很長一段時間天氣持續晴朗乾燥，動物們幹得比以往任何時候更賣力，心想，拖着大塊大塊的石頭終日勞碌，來回奔忙還是值得的，只要他們這麼幹又可以把牆增高一英尺。拳擊手甚至夜裏也經常出來，借着秋收滿月[1]的清輝，自行其是幹上一兩個小時。動物們利用難得的餘暇圍繞建成近半的風車走了一圈又一圈，讚賞那一堵堵牆體如此堅固、筆直，驚嘆他們居然有能力建造這般雄偉壯麗的工程。只有老本傑明不願被風車搞得頭腦發熱，他一仍舊貫，除了「驢子的壽命很長」這等玄之又玄的隱語外，還是閉口不言。

十一月來臨，西南風颳得很猛。工程不得不停下來，因為現在雨水太多，濕度太大，無法攪拌水泥。越變越壞的天氣到一天夜裏終於導致狂風大作，農場居住區連地基一起搖晃，穀倉屋頂上一些瓦片被颳走。母雞驚醒過來嚇得咯咯直叫，因為她們同時做了個相同的夢，聽到遠處一聲槍響。翌晨，動物們從圈棚裏出來，發現旗杆已被風颳倒，果園坡下的一棵榆樹像個圓蘿蔔給連根拔起。他們剛剛目睹此情狀，又耳聞一片絕望的哀號發自每一隻動物的喉嚨。原來是一幅更可怕的景象映入他們的眼簾：風車坍塌成了一片廢墟。

他們全體一致衝向出事地點。走路向來不緊不慢、難得超過步行速度的拿破崙，這回跑在所有動物的最前頭。是啊，所有動物的奮鬥成果，竟倒在那兒，被夷為平地，他們辛辛苦苦砸開運來的石塊散落得滿地狼藉。他們起初都説不出話來，站在那兒悲痛地直瞪瞪望着倒塌的大堆亂石。拿破崙默默地來回踱步，偶爾嗅嗅地上的氣味。他的尾巴變成僵直的一條，抽筋似地從一邊遽然甩到另一邊，這在他身上是心理活動高度緊張的標識。他驀地站住不動，似乎已拿定主意。

「同志們，」他胸有成竹地說，「你們可知道，應該對此負責的是誰？你們可知道，是誰夜裏摸黑進來把我們的風車搞塌了？是**雪球**！」他突然發出聲如霹靂的咆哮。「是雪球幹下了這件事！這個叛徒純粹出於險惡的用心，妄圖使我們的計劃開倒車，為他自己可恥地遭到驅逐進行報復，於是在夜幕的掩蓋下潛入此地把我們將近一年的勞動成果毀於一旦。同志們，我在此時此地宣佈判處雪球死刑。任何動物如能將雪球繩之以法，將被授予『動物英雄二等勳章』，還可得到十八升蘋果。任何動物要是把他活捉了，可得到三十六升蘋果！」

動物們獲悉連雪球也會犯下如此大罪，那種受震驚的程度已不是用語言所能表達。有動物當場發出憤怒的喊叫，而大家都開始在想辦法怎樣逮住雪球，如果他膽敢再來的話。相隔幾乎不到一分鐘，一頭豬的腳印已在距小山丘不遠的草地裏被發現。循着腳印跟蹤才幾碼遠，就發現這串腳印的去向是樹籬上的一個窟窿。拿破崙深深吸氣嗅着那些腳印，宣稱它們是雪球留下的。拿破崙表示，據他的看法，雪球可能是從狐苑農場那個方向來的。

「不能再耽擱了，同志們！」在腳印被查看過以後，拿破崙大聲說。「工作正需要我們去做。就在今天上午，我們將開始重建風車，而且整個冬季不論雨雪風霜都要投入重建工程。我們要教訓教訓這個可悲的叛徒，他想要我們耗費的勞動心血統統變成白幹一場可沒那麼容易。記住了，同志們，我們的計劃一定不能變更，一定要如期完成。前進，同志們！風車萬歲！動物農場萬歲！」

註釋：

[1] 秋收滿月，原文 harvest moon 指離秋分最近（通常不超過兩週）的一次滿月，因一般情況下正值秋收時節，故名，時間與我國傳統的中秋月圓往往重合。

7

這是一個苦寒的冬季。天氣由急風驟雨轉為凍雨和多雪，再往後便是天寒地凍，直要到二月過半才開始逐漸消融。動物們盡最大的努力把重建風車的工程繼續進行下去，深知外界正注視着他們，倘若風車不能如期竣工的話，幸災樂禍的人類定然會趾高氣揚歡慶勝利。

人們從仇視的立場出發，故意表示不相信風車毀於雪球的暗中破壞。他們説，風車的倒塌是因為牆太薄了。動物們知道這並不是問題的癥結所在。雖然如此，但還是決定把牆砌成三英尺厚，而不是原先的一英尺半，足足加厚一倍，這就意味着採集石塊的數量必須大大增加。有很長一段時間採礦場裏滿是被風吹成的雪堆，甚麼也幹不了。在隨後出現的乾冷日子裏工作稍有進展，但這是十分殘酷的苦活，動物們對之已不像過去那樣充滿希望。他們總是覺得很冷，往往還飢寒交迫。只有拳擊手和紫苜蓿從不喪失信心。吱嘎發表過多次論奉獻之快樂和勞工之神聖的精彩講演，然而其他動物倒是從拳擊手的無窮精力和他一如既往地表示「我會更加努力工作！」的那一聲嘶鳴中得到較多鼓舞。

一月份糧食即告短缺。穀物的配給量銳減，場方宣佈將發放額外配給的土豆以補不足。不料發現土豆收穫量的大部份因窖藏保溫覆蓋欠厚而被凍壞了。土豆已發軟變色，只有一小部份尚可食用。一連幾天動物們除了穀糠和糖蘿蔔就沒有東西可吃。看來饑荒已迫在眉睫。

向外界隱瞞這一事實，乃是生死攸關的要務。風車坍塌使人們的腰桿子又硬了出來，他們正在炮製種種新鮮出爐的謊言，都與動物農場有關。外面又在到處謠傳，說所有的動物都快餓死、病死，說動物們不斷鬧窩裏鬥，甚至發展到互相食肉和殘殺幼仔。拿破崙完全明白，要是糧食狀況的真相洩露出去，將產生多麼糟糕的後果，於是他決定利用溫珀先生去傳播一種相反的印象。迄今為止，動物們在溫珀先生每週一次來訪時絕少或者沒有跟他發生過接觸；然而現在，少數幾隻經過挑選的動物，多半是綿羊，奉命在不經意間讓他聽到幾句口糧已經增加的談話。拿破崙吩咐把飼料棚內幾乎空空如也的周轉箱用沙子填到將近上沿處，然後用僅剩的那點兒穀類食物覆蓋表層。在某種合適的託詞下，溫珀被引領着穿過飼料棚，並有機會瞥見那些周轉箱。他上當了，並不斷向外界報道，說動物農場並不存在糧食短缺。

儘管如此，將近一月底時情況益趨明顯，必須從甚麼地方再搞到些穀物。那些日子拿破崙很少公開露面，而是整天待在農場主宅內，那裏每一扇門都有幾條一臉兇相的狗把守着。每當他現身時，都像舉行甚麼典禮似的，有六條狗組成的護衛隊緊緊圍着他，只要有誰太靠近他，那些狗便會吠聲大作。他經常連星期天上午也不露面，只是通過其他豬中的一口——通常是吱嘎——發佈命令。

某個星期天上午，吱嘎宣佈母雞（她們恰好進來照例準備產卵）必須上繳她們生下的蛋。拿破崙通過溫珀已簽下一份每週提供四百枚雞蛋的合同。出售雞蛋所得款項將用於購進足夠數量的穀類食物，使農場得以維持到夏天來臨，那時情況將會好轉。

母雞們一聽到這項決定，頓時大起恐慌，叫個不停。她們已預先接受吹風，説可能不得不做出這種犧牲，但她們並不相信這等事真會發生。她們剛剛準備好各自的一窩蛋以便開春孵育，所以紛紛表示抗議，認為現在把蛋取走簡直就是謀殺。自打瓊斯給攆走以後，還是頭一回發生有點兒像一次造反的風波。由三隻正當青春的米諾卡小黑雞[1]帶頭，母雞們下定決心要努力不讓拿破崙的願望實現。她們採用的辦法是飛到椽子上去在那兒產卵，結果雞蛋都掉到地上打碎了。拿破崙做出的反應迅捷而又無情。他吩咐停發母雞們的口糧，並且下令道，任何動物膽敢私自接濟母雞者，即使只給一粒玉米，都將被處死，並由護衛隊的猛犬負責執行上述命令。母雞們共堅持了五天，最後投降並回到她們的巢箱中去。這段時間內共死了九隻母雞。她們的屍體被埋在果園裏，公開的說法是她們死於球蟲病。溫珀對這一事件一無所知，雞蛋按時交貨，一輛帶篷的生鮮運貨車每週一次來農場把雞蛋拉走。

這個時期內一直沒有誰再見到過雪球的蹤影。有傳聞說他躲在鄰近兩家農場之一，非狐苑即撬棍地。拿破崙這陣子跟其他農場的關係比以前略有改善。恰好院子裏有一堆木材，還是十年前清理一片山毛櫸小樹叢時碼在那兒的，已經相當乾燥適用。溫珀建議拿破崙把它賣了，而皮爾金頓先生和弗雷德里克先生都十分想買。拿破崙在兩家買主之間猶豫不決。有跡象表明，每當他好像即將與弗雷德里克達成協議時，便有人聲稱雪球藏在狐苑；而當他傾向於跟皮爾金頓成交時，就有消息說雪球在撬棍地。

開春之初，突然發現一個情況令大家惶恐不安。雪球在夜間經常悄悄潛入農場！動物們緊張得在圈欄裏睡不着覺。據說他每晚都在夜幕的掩護下溜進來幹種種壞事。他偷吃穀物，倒翻奶桶，打破雞蛋，踐踏苗床，啃去果樹皮。不管甚麼時候甚麼事情亂了套，大家馬上把它歸罪於雪球，這已經成為慣例。要是有一扇窗玻璃打破了，或者一根排水管堵塞了，肯定有誰會説那是雪球夜裏來幹的。當飼料棚的鑰匙丟失的時候，全農場眾口一詞咬定準是雪球把鑰匙扔到井裏去了。甚至那把擱錯了地方的鑰匙過了一陣子在一口袋粗磨面底下被找到以後，大家依舊堅信那是雪球所為，這可真夠怪的。母牛們不約而同地聲稱，雪球曾摸進她們的棚欄，趁她們睡着時擠了她們的奶。那個冬季大老鼠為害甚烈，據説他們跟雪球也是同夥。

拿破崙下令要對雪球的活動做全面調查。他在幾條護衛犬陪同下前往農場居住區進行一次仔細的巡查，其他動物則保持一定距離跟在後面以示尊敬。拿破崙每走不多幾步，就停下來嗅嗅地上有沒有雪球腳步留下的痕跡，他説自己憑氣味就能探測出來。他嗅遍每一個角落，凡穀倉、牛棚、雞舍、菜園，幾乎到處都發現雪球的蹤跡。他把口鼻伸到地上，深深地吸幾口氣，立刻用一種可怕的聲音驚呼：「雪球！他到過此地！他的氣味我能夠準確無誤地分辨出來！」所有的護衛犬一聽見「雪球」兩個字，馬上會發出令你血液凝固的狂吠，露出他們尖利的邊牙。

動物們給徹底嚇壞了。他們覺得雪球彷彿成了某種無形的影響力，瀰漫在他們周圍的空氣中，製造出各種各樣的危險令他們防不勝防。晚上，吱嘎把大家召集攏來，臉上掛着惶惶不可終日的表情告訴他們，他有一條重大新聞要向大家通報。

「同志們！」吱嘎大聲說，一邊做着神經質的小幅動作跳來跳去，「一件最可怕的事情已被發現。雪球把自己出賣給了撬棍地農場的弗雷德里克，此人至今還在陰謀策劃襲擊我們，妄圖把我們的農場從我們手裏奪走！一旦襲擊發動起來，將由雪球充當他的嚮導。但是還有比這更糟的。我們原以為雪球造反的起因僅僅在於他的虛榮心重，狂妄自大。但是我們錯了，同志們。你們可知道真正的原因是甚麼？雪球從一開始就和瓊斯穿的是連襠褲！他一直是瓊斯的暗藏特務。這一切從他沒能帶走而且剛剛被我們發現的文件中得到了證實。這些文件在我看來能說明很多問題。他是如何企圖使我們在牛棚戰役中被打敗和被消滅的，難道我們自己未曾看見？幸虧他沒有得逞。」

動物們全都驚呆了。此等行徑若與雪球破壞風車的事相比，在嚴重程度上的差別完全不可以道理計，簡直是罪不容誅。然而有好幾分鐘，動物們還無法完全加以消化。他們都還記得，或者自以為記得，他們曾親眼目睹雪球在牛棚戰役中衝鋒時身先士卒，在每一個轉折關頭給大家鼓舞士氣，使隊伍重新振作起來，而他自己甚至在被瓊斯獵槍射出的鉛沙彈傷了背部也沒有得到片刻喘息。起初，要把記憶中的印象與雪球原來站在瓊斯一邊扯到一塊兒有點兒難辨。就連遇事幾乎從來不問為甚麼的拳擊手也感到困惑不解。他蹲下身來，把兩個前蹄塞到自己身體下面，閉上眼睛，費了好大好大的勁設法明確表達自己的想法。

「我不相信有那種事，」他說。「雪球在牛棚戰役中打仗非常勇敢。我親眼看見他怎樣打敵人來着。後來我們不是立刻給了他『動物英雄一級勳章』嗎？」

「那是我們的失誤，同志。現在我們搞清楚了，實際上當時他企圖把我們引向毀滅——所有這些在我們發現的秘密文件中都寫得明明白白。」

「可是他負了傷啊，」拳擊手說。「我們都看到他流着血還奔跑來着。」

「那是事先安排好的情節！」吱嘎提高嗓門說。「瓊斯開的那一槍不過擦破了他一點兒皮。我可以給你看他親筆寫下的文字，如果你能讀懂的話。按照預謀，雪球在關鍵時刻應當發出撤退信號，把戰場拱手讓給敵人。他只差一點兒就得逞了——我甚至可以說，同志們，要是沒有我們英雄的領袖拿破崙同志，雪球原本**就已經**得逞了。恰恰在瓊斯他們衝進院子的一剎那，雪球忽然掉頭就逃，好多動物也跟着他跑，你們難道不記得了？還有，當時恐慌情緒正在蔓延，眼看一切都已完蛋，恰恰在那個節骨眼上，拿破崙同志大吼一聲『消滅人類！』撲上前去死死咬住瓊斯的一條腿不鬆口，**那一幕**你們難道也不記得了，同志們？」吱嘎說得聲情並茂，同時不斷蹦過來跳過去。

聽吱嘎把當初的情景描繪得如此活靈活現，動物們好像覺得自己也記起來了。不管怎麼說，他們記得在那一仗的危急關頭雪球確曾掉頭逃跑。但拳擊手尚未釋然，心裏總還是有一點兒小疙瘩。

「我不相信雪球一開始就是叛徒，」他終於說。「他後來的所作所為是另一回事。可是我相信在牛棚戰役中他還是一個好同志。」

「我們的領袖拿破崙同志，」吱嘎鄭重宣佈，語調非常緩慢，語氣非常堅定，「已經十分明確地——同志，我再說一遍，十分明確地——指出，雪球從一開始便是瓊斯的特務。是的，一開始便是，遠在還根本沒有誰想到過造反之前很久。」

「啊，那就不同了！」拳擊手說。「既然拿破崙同志這樣說，那一定錯不了。」

「這才是端正的態度，同志！」吱嘎大聲說，但有旁觀者注意到，他那雙亮閃閃的小眼珠子惡狠狠地瞪了拳擊手一眼。他轉身要走，又頓了一下，意味深長地找補幾句：「我奉勸這座農場的每一隻動物一定得把眼睛睜大。因為我們有理由認為，雪球的某些暗藏特務此刻正潛伏在我們中間。」

四天後的下午，已是向晚時分，拿破崙命令全體動物到院子裏集中。當他們全都集合到場時，拿破崙從農場主宅內現身，兩枚勳章都佩在胸前（因為前不久他剛獎給自己一枚「動物英雄一級勳章」和一枚「動物英雄二級勳章」），他那九條高大的護衛犬圍着他又蹦又跳，他們發出的狺狺狂吠把一陣陣寒噤注入所有動物的脊髓。動物們畏縮在各自的位子上不吭聲，似乎已預先知道將有可怕的事情發生。

拿破崙站在那兒，板着臉把他的聽眾一一掃視過來，接着發出一聲高調的尖叫。猛犬們立刻躥向前方，咬住四隻豬的耳朵把他們拖到拿破崙腳下。那些豬又是疼痛又害怕，拚命叫喊，他們的耳朵鮮血淋淋，而猛犬們嘗到了血腥味，頓時好像完全成了瘋狗。令每一隻動物大為愕然的是，有三條狗竟一齊向拳擊手撲去。拳擊手見他們直撲過來，當即伸出一隻大蹄，在半空中逮住其中一條，把他摁在地上。那條狗哀叫着求饒，另外兩條夾着尾巴趕緊逃跑。拳擊手望着拿破崙，想知道自己該把那條狗踩死還是放走。拿破崙似乎變了臉，他厲聲喝令拳擊手把狗放走，拳擊手奉命抬起蹄子，那條狗身上青一塊紫一塊的，伴隨着淒厲的悲號溜之大吉。

一場風波旋即平息下來。四口豬哆嗦着尚在聽候處置，認罪的字樣彷彿就寫在他們臉上表情的每一條紋理之中。拿破崙一一點了他們的名，要他們坦白自己的罪行。他們正是曾經抗議拿破崙取消星期日碰頭會的那四口豬。無須任何進一步逼供，他們便承認，自從雪球遭罷黜後，他們曾與雪球有過秘密接觸，在毀壞風車這件事上他們之間也進行過合作，他們還跟雪球達成協議，準備把動物農場交給弗雷德里克先生。他們補充說，雪球私下曾向他們承認自己多年來一直是瓊斯的暗藏特務。他們結束供述後，猛犬們迅即撕裂他們的喉頭，然後拿破崙以一種令大家發怵的聲音詢問其他任何動物，有甚麼問題需要坦白交代。

曾在雞蛋事件中領頭造反未遂的三隻米諾卡小母雞，站出來供稱，雪球曾在同一個夢中向她們現身，並且煽動她們違抗拿破崙的命令。這三隻雞也被處決了。隨後是一隻鵝出來坦白，去年收割時曾偷偷私藏六株玉米棒子在夜裏吃掉了。再後來是一隻綿羊坦白曾在飲水池內撒尿——據鵝說是被雪球逼着這樣做的。此外另有兩隻綿羊坦白曾經謀殺一隻老公羊——他是對拿破崙特別忠誠的一名追隨者，兩隻綿羊採用的手段是趁老公羊咳嗽不止之際攆着他圍繞一堆篝火拚命跑。她倆當場即遭宰殺。就這樣，關於坦白和處決的故事還在繼續，直至拿破崙腳邊的屍骸成了堆，空氣中瀰漫着強烈的血腥味，自從瓊斯被逐以後那裏還沒有出現過這種情狀。

等一切都結束之後，餘下的動物除豬和狗以外，全都躡着腳悄然離去。他們因受驚駭而暈頭轉向，顯得特別可憐，鬧不清究竟哪件事帶來的震盪更厲害——是那些跟雪球勾結起來的動物的背叛行徑呢，還是動物們剛才目擊的那一場殘酷血洗。要說恐怖程度相埒的流血景象，昔日也時有發生，然而大家覺得如今的情況要糟糕得多，因為這事就發生在他們同類之間。自從瓊斯離開農場一直到今天以前，還沒有哪一隻動物殺過另一隻動物。連一隻老鼠也不曾被殺。他們一路來到小山丘上（又造到一半的風車就矗立在那兒），不約而同地趴下來，似乎為了獲取較多熱量而互相擠做一團——紫苜蓿、慕莉爾、本傑明、母牛、綿羊加上一大群鵝和雞——差不多齊了，只缺一隻貓，恰恰在拿破崙命令動物們集合之前，那隻貓忽然失蹤了。大家半晌都不開口。只有拳擊手依舊沒有趴下。他焦躁不安地挪動身軀，揮起他那長長的黑尾巴抽打自己的肚皮，偶爾發出一聲相當克制的嘶鳴，表示百思不得其解。最後他說：

「我怎麼也想不明白。我實在沒法相信這等事會發生在我們農場。一定是我們自己在甚麼地方出了紕漏。據我看來，解決的辦法只有一個——更加努力工作。從今以後，每天早晨我要提前整整一小時起身。」

說罷，他踏着沉重的蹄子走了，一路小步慢跑前往採礦場。到了那兒，他連續裝了兩車石頭，把它們拉到風車工地上，然後歇夜。

動物們仍擠在紫苜蓿身旁一言不發。他們趴聚在上面的那個小山丘，給了他們縱目騁懷飽覽鄉村景色的廣闊視野。動物農場的絕大部份他們都可以盡收眼底——一直伸展到大路的長形牧草地、草料田、小樹叢、飲水池、翻耕後栽種不久長得又密又綠的小麥地、農場房舍的紅屋頂以及從煙囱裏裊裊升起的縷縷炊煙。這是一個天朗氣清的早春傍晚。來自水平方向的脈脈斜暉在草地和蒼翠欲滴的樹籬上抹了一層金色。動物們帶着幾分驚異的心情猛然想起，這是他們自己的農場，每一寸土地都是他們自己擁有的財產。此刻展現在他們眼前的正是大家心嚮往之的地方。然而這個農場在動物們心目中從來不像這樣一片樂土。紫苜蓿順着山坡朝下望去，她的眼睛噙着淚水。如果她能用語言表達自己的想法，應該說，幾年前動物們決心為推翻人類而努力苦幹，而現實與當初他們致力的目標完全是兩碼事。老少校第一次激勵他們起來造反的那天夜裏，他們開始期盼的也絕非這些恐怖和屠戮的慘狀。如果說紫苜蓿在心中為自己設計過甚麼關於未來的藍圖的話，那幅藍圖上將是一個擺脫了飢餓和鞭子的動物社會，大家一律平等，工作各盡所能，強者衛護弱者，就像在聽少校演講之夜紫苜蓿用她的前腿衛護一窩失恃的小鴨那樣。可是，理想的動物社會沒有盼到，而他們反倒落入了這樣一個時代：誰也不敢說出自己的想法，動輒狂吠不止的惡犬到處橫行，你不得不眼睜睜看着你的同志在招認了醜惡罪行後被撕成碎片——她不知道怎麼會鬧成這樣的。她頭腦裏並沒有造反或違命的想法。她知道，即使就目前的狀況而言，他們的日子仍然比瓊斯時代好得多。她也知道，必須阻止人們捲土重來——這比其他一切更重要。不管發生甚麼事情，她將保持忠誠，努力工作，完成交給她的任務，接受拿破崙的領導。可是，說到底，她和所有別的動物希望看到並為之埋頭苦幹的，畢竟不是現在這種局面。他們建造風車，橫眉冷對瓊斯的獵槍子彈，也不是為了過今天這樣的日子。這便是她的想法，儘管她缺乏言語把想法表達出來。

最後，紫苜蓿覺得，既然她找不到表達心中想法的言語，何不用唱歌作為替代，於是就開始唱《英格蘭的生靈》。坐在她周圍的其他動物也跟着應和，他們一共唱了三遍，唱得非常動聽，但是很慢，很憂傷，他們以前從未這樣唱過。

他們剛唱完第三遍，吱嘎便在兩條狗陪同下來到他們近旁，他的神情似乎有甚麼重大的事要說。他正式宣佈，遵照拿破崙同志的一項特別法令，《英格蘭的生靈》已被取締。從今以後，這首歌不准再唱。

動物們感到如雷轟頂。

「為甚麼？」慕莉爾叫了起來。

「它不再需要，同志，」吱嘎說，口氣和表情都是硬邦邦的。「《英格蘭的生靈》是造反之歌。但造反現已完成。今天下午處決一批叛徒是最後一幕。外部和內部的敵對分子都已被打敗。過去我們通過《英格蘭的生靈》表達的是對於未來一個更美好社會的渴望。但這個社會現在已經建成。很明顯，這首歌不再有任何用途。」

動物們雖被嚇得夠嗆，但其中有幾隻原本還是會提出抗議，不料偏偏在這個當口兒綿羊們照例咩咩地喊起了「四條腿好，兩條腿壞」的口號，達數分鐘之久，爭論只得不了了之。

於是，《英格蘭的生靈》再也聽不見了。詩人小不點兒譜寫了另一首歌取而代之，它的開頭是：

動物農場，動物農場，
我決不會讓你受傷！

這支歌就在每星期日上午升旗後唱。但不知怎的，動物們總覺得，無論它的歌詞還是曲調，怎麼也比不上《英格蘭的生靈》。

註釋：

[1] 米諾卡雞，或譯梅諾卡雞，得名於西班牙東部米諾卡島的一種蛋用雞，像萊亨雞，但較大。

8

數天後，成批處決動物造成的恐怖氣氛已塵埃落定，某些動物記得——或他們自以為記得——第六條戒律明文規定：「凡動物都不可殺任何別的動物。」雖然誰也不願在豬或狗可能聽到的距離內提及此事，但大家還是覺得，已經發生的多起殺戮不符合戒律的精神。紫苜蓿請本傑明把第六條戒律念給她聽，可是本傑明照例表示他拒絕摻和到這類事情中去，於是紫苜蓿就把慕莉爾找來。慕莉爾給她唸了那條戒律。條文寫的是：「凡動物都不可殺任何別的動物，如果沒有理由的話。」不知怎麼搞的，末尾那幾個字竟從動物們的記憶中溜走了。但現在他們看到了，沒有違反戒律的情況發生；很清楚，處死跟雪球有勾結的叛徒完全有正當理由。

這一整年，動物們幹的活甚至比上一年更辛苦。重新建造風車，牆體的厚度比原先增加一倍，並且要在規定期限內完成，而農場的常規工作還得照做，這樣的勞動強度可不是鬧着玩兒的。有時候動物們覺得他們勞動的時間比瓊斯時代更長，吃的卻不比那時好。星期天上午，吱嘎總要用蹄子夾着長長一條紙，向動物們宣讀大串大串的數字，表明各檔糧食的產量分別增長百分之二百，百分之三百或百分之五百，因不同情況而異。動物們認為沒有理由不相信他，何況他們再也記不清造反之前究竟是怎麼個狀況。反正有些日子他們還是感到，他們寧願少聽些數字，多得到些吃的。

所有的命令現在都是通過吱嘎或另外某一口豬發佈的。拿破崙自己每兩週才公開露一次面，不會更多。每當他出現的時候，不光有他的猛犬護衛隊陪同，還有一隻黑色小公雞在他前頭開道，並且扮演一個類似吹號手的角色，在拿破崙開口說話之前先大聲啼叫一遍「喔喔喔」。即便在農場主宅內，據說拿破崙也住單獨套房，與別的豬分開。他總是獨自用餐，由兩條狗伺候他，而且一貫使用擺在起居室玻璃酒櫃內的王冠德比餐具[1]。在每年拿破崙生日那天，都要鳴槍慶祝，跟另外兩個紀念日一樣，這也已經正式宣佈過了。

如今拿破崙被提到時不能隨隨便便稱為「拿破崙」了。任何時候談起他，都必須按正規方式稱「我們的領袖拿破崙同志」，而豬們則喜歡為他發明創造諸如所有動物之父、人見愁、羊圈守護神、小鴨之友之類的頭銜。吱嘎在講演時總是淚流滿面地談到拿破崙的智慧何等超群，他的心地多麼善良，他對任何地方的所有動物懷着深深的愛，甚至而且尤其深愛其他農場至今仍生活在愚昧和被奴役狀態的不幸動物。農場每次取得甚麼成績，好運無論臨到誰的頭上，都要歸功於拿破崙，這已成為慣例。你時常可以聽到一隻母雞在告訴另一隻母雞：「在我們的領袖拿破崙同志指引下，我在六天裏頭產了五個蛋」；或者兩頭母牛在池邊飲水時會讚嘆：「感謝拿破崙同志領導有方，這水的味道真是好極了！」農場一般群眾的普遍感受在一首題為《拿破崙同志》的詩中表達得很好，那是小不點兒創作的，全詩如下：

救苦救難的恩公，
您讓萬物欣欣向榮，
幸福全仗您佈施。
哦，您像天上的太陽，
每當我仰視您指揮若定的目光，
我心中既溫暖又亮堂，
拿破崙同志！

您創造的生靈就愛一天飽餐兩頓，

還有鬆軟的乾草可以在上面打滾，
這一切無不是您所賜。
所有的生靈大小不論，
都能在圈舍裏睡得安穩，
因為有您守護着我們，
拿破崙同志！

我若有一頭吃奶的小豬，
不等他離開我的胸脯，
哪怕他才奶瓶般大，長不盈尺，
他就得學會第一件事情
——永遠對您老實忠誠，
對，還有他牙牙學語發出的第一聲
——「拿破崙同志！」

拿破崙對這首詩表示讚許，並促使把它題在大穀倉的外牆上，和《七誡》遙遙相對。詩的上方用白漆畫着拿破崙同志的側面肖像，它出自吱嘎的手筆。

其間，拿破崙通過溫珀從中斡旋，在同弗雷德里克和皮爾金頓進行複雜的談判。那一堆木材尚未售出。兩家農場之一的業主弗雷德里克更想得到這批貨，卻又不願出一個合適的價錢。與此同時，又有傳聞說弗雷德里克和他手下那幫人正密謀襲擊動物農場並搗毀風車，因為建造風車的事已使他妒火中燒瀕於瘋狂。有消息稱雪球仍藏身於撬棍地農場。仲夏前後，動物們大吃一驚地聽說，三隻母雞已主動坦白，他們在雪球驅使下，參與了一個謀殺拿破崙的陰謀。三隻雞立刻就被處決，而對拿破崙的安全保衛工作又採取了新的防範舉措。四條狗夜晚守衛在他床邊，每條狗負責床的一角，而一口名叫粉紅眼的小豬領受的任務是：所有給拿破崙享用的食物先得由粉紅眼嚐過，然後給拿破崙吃，以防有誰下毒。

大概也就在那個時候，有消息發佈下來，說拿破崙已打算把那一堆木材賣給皮爾金頓；同時他們也準備在動物農場與狐苑農場之間就某些產品的經常性交易簽訂一項長期協議。拿破崙與皮爾金頓之間的生意往來雖然都是通過溫珀進行的，但雙方的關係現在差不多算得上友好了。動物們信不過皮爾金頓，因為他是人，但是，跟那個雙方都既怕又恨的弗雷德里克相比，動物農場方面顯然更願意同皮爾金頓打交道。隨着長夏之漸行漸遠，風車也快接近建成了，有關一次陰險的突襲行將發生的流言聲浪越來越高。據説，弗雷德里克打算率領二十名個個帶槍的人對付農場的動物，而且他們早已買通地方官員和警察，只要弗雷德里克能把動物農場的產權證書弄到手，官方就會採取不聞不問的態度。更有甚者，從撬棍地農場不斷有可怕的傳聞滲漏出來，説弗雷德里克一直在他的動物們身上實驗種種殘忍的虐待手段。他曾鞭打一匹衰老的馬致死，他讓他的母牛們挨餓，他把一條狗扔進火爐活活燒死，他每天晚上把破損的刀片縛在公雞後爪上挑動他們互鬥取樂。動物們聽到竟有人如此荼毒他們的同志，無不義憤填膺，熱血沸騰，有幾回曾主動請纓，嚷着要求讓他們傾巢出動，兵發撬棍地農場，把人們統統趕走，解放那裏的所有動物。但是吱嘎勸説他們避免採取過激行動，要充份信任拿破崙同志的策略高明。

儘管如此，反對弗雷德里克的情緒繼續高漲。一個星期日的上午，拿破崙出現在穀倉裏，向大家解釋他任何時候都沒有考慮過把那堆木材賣給弗雷德里克；他説，跟那種檔次的無賴打交道他認為有損於他的尊嚴。對仍被放出去散播造反信息的鴿子，已禁止在狐苑農場的任何地方落腳，並且下令他們放棄過去的口號「消滅人類」，改為「消滅弗雷德里克」。到殘夏時節，雪球的又一條詭計被揭穿了。收穫的小麥裏滿是雜草，後來發現那是雪球在一次夜訪時把草籽摻進了穀種。一隻曾經參與此陰謀的天鵝，向吱嘎坦白了自己的罪愆後，當即吞下致命的顛茄漿果自殺身亡。動物們現在也了解到，雪球從來沒有像許多群眾至今還相信的那樣獲得過「動物英雄一級勳章」。這純粹是一個子虛烏有的神話，它是在牛棚戰役後不久由雪球自己散播的。這個根本沒有被授勳的傢伙，曾因在戰鬥中貪生怕死而受過處分。聽了這種說法，某些動物再一次感到有些茫然，但吱嘎很快就能夠使他們信服，是他們的記性出了問題。

到秋天，通過大家咬緊牙關、筋疲力盡的拚搏——因為農田的收割不得不幾乎與此同時進行——風車終於建成了。當然機器設備還有待安裝，溫珀正在談判購置設備事宜，但工程的結構土建部份已經完成。面對遇到的每一個困難，不顧經驗缺乏、設備簡陋加上運氣不佳和雪球的陰謀破壞，工程還是如期完成了，一天也沒有延誤！疲憊不堪、可是充滿自豪的動物們，繞着他們的得意傑作走了一圈又一圈；在他們眼裏，風車甚至比第一次建成時更加漂亮。再說，牆體也比過去加厚了一倍。這一回，除非用炸藥，否則休想把它搞趴下！是啊，他們投入了不知多少勞動，戰勝了不知多少足以令大家氣餒的困難和挫折，然而待到風車的翼板轉動起來，發電機組開始工作之時，他們的生活將發生多麼巨大的變化！——想到這一切，動物們的疲勞頓時煙消雲散，他們蹦蹦跳跳繞着風車不停地轉圈兒，連連發出勝利的歡呼。由九條狗和一隻小公雞前呼後擁陪伴着，拿破崙親臨現場察看已經完成的工程；他以個人的名義為動物們取得的成就向他們表示祝賀，並宣佈風車被命名為拿破崙風車。

兩天後，動物們被召集到穀倉裏專門開一個會。當拿破崙宣佈他已把一堆木材出售給弗雷德里克時，大家驚訝得無異挨了當頭一棒。明天弗雷德里克的車隊就將到達，開始把木材拉走。在拿破崙表面上與皮爾金頓關係似乎挺友好的整個時期內，拿破崙自始至終實際上是與弗雷德里克串通的，他們之間一直存在着一項不足為外人道的默契。

與狐苑的一切關係均告斷絕；語涉侮辱的函件連連給皮爾金頓發去。鴿子們被告知飛經擲棍地農場必須繞道而過，並且把他們的標語口號由「消滅弗雷德里克」改為「消滅皮爾金頓」。與此同時，拿破崙向動物們擔保，所謂即將襲擊動物農場的消息完全失實，關於弗雷德里克虐待他自己的動物的故事也被無限誇大了。所有這些流言蜚語很可能源自雪球和他的同夥。現在看來，雪球到底還是沒有藏在撬棍地農場，事實上他這輩子壓根兒就沒有到過那裏。他住在狐苑，據說生活還挺闊綽，過去那麼些年其實一直由皮爾金頓供養着。

豬們對於拿破崙的連環妙計佩服得手舞足蹈。通過表面上跟皮爾金頓友好相處這一招，拿破崙迫使弗雷德里克把報價提高了十二鎊。但吱嘎說，真正展示拿破崙英明卓絕的還是這樣一個事實：他對誰都不信任，甚至不信任弗雷德里克。弗雷德里克本想用一種叫做支票的東西支付木材款，那玩意兒好像是一張紙，上面寫着付款的承諾。可是拿破崙太聰明了，豈會上他的當。他要求弗雷德里克用五鎊面額的現鈔支付貨款，而且必須先交錢，然後把木材拉走。現在弗雷德里克已經付清了貨款；他付的款額剛剛夠購買風車所需的配套設備。

其間，木材正以極快的速度被拉走。等到全部運完以後，穀倉裏又專門召開一次會議，讓動物們好好瞧瞧弗雷德里克交來的那些鈔票。拿破崙把兩枚勳章全都佩在胸前，笑容可掬地臥靠着平台上的一張乾草鋪，錢整齊地碼在他身旁一隻從農場主宅內廚房裏拿來的瓷盤子上。動物們排成一行緩緩而過，一個個都盯着要看個夠。拳擊手把鼻子伸過去想嗅嗅鈔票是甚麼味兒，他的鼻息卻攪動了那些白色的薄紙片，發出輕微的颯颯聲。

三天後掀起了一場軒然大波。溫珀臉色煞白，騎着他的自行車沿小道趕來，進了院子就把車一扔，直奔農場主住宅。僅僅過了一小會兒，一聲像要背過氣去的狂怒的咆哮從拿破崙的套房內傳出來。關於所發生之事的消息像一把野火在農場裏迅速蔓延開來。鈔票竟是假的！木材白送給了弗雷德里克！

拿破崙立即把動物們召集攏來，以威嚴可怖的聲音宣佈對弗雷德里克判處死刑。他說，一旦抓住了弗雷德里克，非把他活烹了不可。與此同時，他提醒大家說，發生了這等背信棄義的奸詐行為之後，還有比這更壞的不可不防。弗雷德里克和他手下那幫人隨時都有可能發起早在大家意料之中的攻擊。農場所有的通道路口都已佈下崗哨。此外，四羽鴿子也被放飛前往狐苑，送去一封示和信，希望能與皮爾金頓重建睦鄰關係。

翌晨，進攻就開始了。動物們正在吃早餐，觀察哨的守望員跑來報告，說弗雷德里克已率領手下通過有五道門的大門。動物們雖然奮勇出擊迎敵，但這一回他們沒能像在牛棚戰役中那樣輕易取勝。來犯者共十五人，有六條槍，他們一進入到五十碼以內，馬上開火。動物們抵擋不住可怕的火藥爆炸聲和造成劇痛的鉛沙彈，雖然拿破崙和拳擊手拚命要大家頂住，還是很快敗下陣來。他們中一部份已經負傷。他們只得把居住區的圈棚廄舍當作避難所，從牆縫和木板節孔中小心翼翼向外張望。整個一大片牧草地包括風車在內已經落入敵手。一時間看來連拿破崙也束手無策。他一語不發地來回踱步，他的尾巴僵直作抽風狀。苦苦期盼的目光頻頻送往狐苑農場的方向。要是皮爾金頓能帶人前來增援，動物農場也許還有可能反敗為勝。但是就在這個當口兒，頭天放飛出去的四羽鴿子回來了，其中之一捎來皮爾金頓寫的一張紙條，上面只有兩個鉛筆字：「活該。」

與此同時，弗雷德里克一幫人衝到風車那兒停了下來。動物們望着他們，周遭泛起一陣驚恐絕望的竊竊私語聲。兩個人取出一根鋼釺和一把大錘。他們準備把風車砸爛。

「不可能！」拿破崙喊道。「我們的牆砌得夠厚的，他們辦不到。即使他們砸上一個星期，風車也塌不下來。別洩氣，同志們！」

但是本傑明目不轉睛地注視着人們的一舉一動。那二人用錘子和鋼釺在靠近風車底部的牆上鑿孔。本傑明慢慢悠悠地上下微微擺動他的長口鼻作點頭狀，那神態彷彿覺得眼前的事兒挺有趣似的。

「我就料到會使這一招，」他說。「你們沒瞧見他們在幹甚麼？接下來他們就要把炸藥塞進孔裏去。」

動物們全都嚇壞了，此時已不可能冒險從圈舍的隱蔽處衝出去，只得靜觀其變。過了不多幾分鐘，可以看到人們正四散奔逃。隨之而來的是一聲震耳欲聾的巨響。鴿子們盤旋着紛紛飛入空中，除拿破崙外，所有的動物一齊趴倒在地，肚皮朝下，把臉藏起來。他們重新站起來時，只見黑色濃煙聚成的一個巨大雲團籠罩在風車原來位置的上空。微風慢慢地把黑煙吹散。風車已不復存在！

看到了這幅景象，動物們的勇氣反而又回到他們身上。片刻之前他們感到的恐懼和絕望，已淹沒在由敵人可鄙可恥的行徑所激起的狂怒之中。一聲號召復仇的有力吶喊驀地響起，動物們無須等待進一步令下，全體一致發起衝鋒，直接撲向敵人。此刻他們並不理會無情的鉛沙彈像雹子一般在他們頭上呼嘯而過。這是一場野蠻、慘烈的戰鬥。人們開了一槍又一槍，當動物們與他們展開肉搏戰時，人們便揮舞棍棒亂抽，舉起沉重的靴腳猛踹。一頭母牛、三隻綿羊和兩隻鵝慘遭殺害，幾乎每一隻動物都負了傷。就連殿後指揮作戰的拿破崙，尾巴尖也被鉛沙彈削去了一小片。不過人們也並非毫髮無損。其中三人挨了拳擊手的重蹄猛擊腦袋開了花；另一人的腹部被一頭母牛的角牴破；還有一人的褲子差點兒讓傑茜和藍鈴鐺扯去。作為拿破崙貼身保鏢的九條狗，奉首長之命在樹籬掩護下進行迂迴包抄，當他們兇神惡煞一般狂吠着突然出現在人們的側翼時，人們嚇得魂飛魄散。他們看到自己有被包圍的危險。弗雷德里克向他手下的人們大喊，趁退路尚存之際走為上策。緊接着，怕死的敵人便紛紛逃命去了。動物們把他們一直追到坡地腳下，而且當他們強行穿過荊棘樹籬奪路出去時，動物們還踢了他們最後幾腳。

動物們勝利了，但他們個個精疲力竭，傷口流血不止。他們一瘸一拐地開始慢慢返回農場。看到他們死去的同志們伸展在草地上的慘狀，有些動物不禁潸然淚下。有一小會兒他們在風車原先矗立的地方停步默哀。是的，風車不見了；就連他們慘淡經營的最後一點兒痕跡也不見了！甚至地基也有部份被毀。這一回再要重建的話，他們已不能像上一回那樣利用坍塌的石頭。這一回連石頭也消失不見了。爆炸的威力把石頭拋到幾百碼以外。就像此地從來不曾有過風車一樣。

當他們快到農場時，在這次戰鬥中莫名其妙地不知去向的吱嘎，又跳又蹦地迎上前來，一邊紅光滿面洋洋得意地搖着尾巴。與此同時，動物們聽到從農場居住區方向傳來莊嚴隆重的鳴槍之聲。

「鳴槍幹甚麼？」拳擊手問。

「慶祝我們的勝利呀！」吱嘎歡呼道。

「甚麼勝利？」拳擊手不明白。他的膝蓋在流血，他掉了一個馬蹄鐵，他的一個蹄子裂開了一道口子，他的一條後腿嵌進了足足一打鉛沙彈丸。

「這還用問嗎，同志？難道我們沒有把敵人趕出我們的土地——動物農場神聖的土地？」

「可是他們炸毀了我們的風車。我們為它足足幹了兩年哪！」

「這算甚麼？我們可以再建一座風車。只要我們願意，我們可以造它六座風車。同志，你尚未充份認識到我們幹了一件多麼可歌可泣的大事。我們站於其上的這片土地曾經被敵人佔領。而現在，感謝拿破崙同志領導有方，我們寸土不少地又把它奪了回來！」

「我們是把原先屬於我們的東西奪了回來，」拳擊手說。

「這就是我們的勝利，」吱嘎說。

他們一瘸一拐進了院子。嵌進拳擊手一條腿皮膚裏去的鉛沙彈丸造成劇烈的疼痛。他看到，從打地基開始重建風車的艱苦勞動又擺在他面前，他已經在想像中為拿下這項任務做種種準備。但他頭一遭想起自己都滿十一歲了，他那些了不起的肌肉恐怕已不復當年。

然而，當動物們看到綠色的旗幟迎風飄揚，聽到作為禮炮的獵槍重又鳴響——總共放了七響，並且聽到拿破崙祝賀他們勇敢行為的致辭時，畢竟覺得他們贏得了一場偉大的勝利。為在戰鬥中陣亡的動物們舉行了一場隆重的葬禮。拳擊手和紫苜蓿拉着充當靈車的四輪運貨車，拿破崙親自走在送葬行列的最前頭。整整兩天時間花在慶祝活動上。有歌詠、演講和更多的鳴槍，給每一隻動物一份特別的禮物（一隻蘋果），給每一隻家禽兩盎司玉米，給每一條狗三塊餅乾。經正式宣佈，這一仗已被命名為風車戰役，拿破崙設計了一枚新的勳章綠旗勳章並已頒發給他自己。在一片歡騰聲中，不幸的假鈔事件已被忘卻。

數天後，豬們在農場主宅內的酒窖裏發現了一箱威士忌。當初動物們剛入主這棟住宅時，沒有注意到那箱酒。這一回，即歡慶活動過後數天的那個夜晚，從宅子裏傳出來唱得很響的歌聲，令每一隻動物大為驚訝的是，其中也夾雜着《英格蘭的生靈》的曲調。大約在九點半左右，有動物清楚地看見，拿破崙頭戴瓊斯先生的圓頂舊禮帽從後門出來，繞着院子飛快地奔跑了一圈，又消失在宅子門內。但是次日早晨，農場主的住宅籠罩在一片深深的寂靜之中。沒見任何一口豬有甚麼動靜。將近九點鐘時，吱嘎才露面，步態緩慢，神色沮喪，目光呆滯，尾巴無精打采地耷拉在後邊，看樣子病得不輕。他把動物們召集攏來，告訴他們他有一則可怕的新聞需要發佈。拿破崙同志病危！

一片悲痛的哭聲隨即響起。農場主宅子門外地上鋪了乾草，動物們走路都踮着腳。他們含着眼淚彼此相問：萬一他們的領袖永遠離開了他們，他們該怎麼辦？有一則小道消息在私下裏傳播，認為雪球想方設法在拿破崙的食物中下毒終於得手了。十一點鐘，吱嘎出來又發佈了一條新聞。作為他在塵世的最後一個行動，拿破崙同志宣佈了一道莊嚴的法令：飲酒必須被處死。

不過，到晚上拿破崙的病情似乎有所好轉；次日上午，吱嘎已經能夠告訴大家，拿破崙正在走向康復。及至那天晚上，拿破崙已恢復工作，而且在下一天據悉他曾指派溫珀到維林敦去購買一些釀造和蒸餾技術方面的小冊子。一星期後，拿破崙下令，把果園後邊原先打算留作退休動物放牧地的一片小圍場加以翻耕。上邊給的說法是那片草場地力已經耗盡，需要重新播種；但很快大家就知道，拿破崙打算把那塊地種上大麥。

大約就在那段時間，發生了一件幾乎沒有人能夠理解的怪事。一天夜裏十二點左右，院子裏傳來嘩喇喇一陣很大的響聲，動物們紛紛從各自的廄欄裏跑出去。那是一個明月夜，在寫有《七誡》的大穀倉外牆腳下，橫着一把斷成兩截的梯子。一時摔昏過去的吱嘎趴在梯子旁，掉落在他手邊的東西有一盞提燈、一把漆刷和一罐翻倒的白漆。護衛犬馬上把吱嘎圍起來，等他剛剛可以行走，便護送他回到農場主宅內去。沒有哪隻動物能悟出個中的道理，只有老本傑明除外——這頭驢子上下微微晃動他的長鼻口作點頭狀，似乎對其中的奧妙心知肚明，但他甚麼也不會說。

可是沒過幾天，慕莉爾在把《七誡》念給自己聽的時候，注意到其中還有一條動物們也都記錯了。大家認為第五條戒律是「凡動物都不可飲酒」，而後面還有兩個字他們卻給忘了。實際上那條戒律是這樣唸的：「凡動物都不可飲酒**過量**。」

註釋：

[1] 王冠德比餐具，指一七八四—一八四八年間產於英國德比郡的瓷器餐具，上有王冠標記。

9

拳擊手給劃開一道口子的前蹄好長時間一直未能完全癒合。在慶祝勝利的活動結束後的次日，動物們已開始重新建造風車。拳擊手連一天假也不願意請，而且決不讓誰看出他在帶着傷痛幹活。晚上他只悄悄告訴紫苜蓿，這蹄子給他造成極大的麻煩。紫苜蓿把藥草嚼爛做成膏劑敷在蹄子的創口上，她和本傑明都勸拳擊手別那麼玩命地幹。「長此以往，馬的肺肯定受不了，」紫苜蓿對他說。但拳擊手聽不進去。他說自己只有一個真正的野心尚未實現——在他達到退休年齡之前，親眼看到風車正常運轉起來。

在動物農場的法規剛開始制定時，最早把退休年齡定在馬和豬十二歲，母牛十四歲，狗九歲，綿羊七歲，雞和鵝五歲。退休津貼的發放標準也已一一商定。迄今為止，實際上還沒有動物靠退休津貼生活，但近來關於這個話題的議論越來越多。如今果園後邊的一小塊地已留出來種大麥，又有流言說大草場的一角將用籬笆圍起來改作老弱動物的放牧地。據說，一匹馬的退休津貼為一天五磅穀物，冬季為十五磅乾草，節假日還有一根胡蘿蔔或一隻蘋果。到來年夏末，拳擊手的十二歲生日就要到了。

那段時間的生活艱苦得很。這一冬跟過去的一冬同樣寒冷，而食物的短缺則更甚。所有動物的口糧再次被削減，只有豬和狗的口糧定額不變。吱嘎的解釋是，口糧問題上缺乏靈活性的平均主義做法是與動物主義的原則背道而馳的。在任何情況下，他都能輕而易舉地向別的動物證明，他們的食物實際上**並不**短缺，不管表面上看起來如何。眼下嘛，當然嘍，發現有必要對口糧標準做一些調整（吱嘎永遠稱這是「調整」，而絕對不說「削減」），但與瓊斯時代相比，還是大有改善。他用高頻率的尖嗓音飛快地讀出一大串數字，不厭其詳地向他們證明，他們比瓊斯時代擁有更多燕麥，更多乾草，更多圓蘿蔔，他們的工作時間縮短了，他們飲用水的水質提高了，他們的壽命更長了，他們的後代成活率更高了，他們圈欄裏的乾草更多了，受跳蚤的滋擾減少了。動物們相信，這些話句句都是事實。説真的，瓊斯以及瓊斯所代表的一切，幾乎已經從動物們的記憶中淡出了。他們知道，當前的生活十分艱苦，簡直難以餬口，他們時常感到飢餓，時常感到寒冷，他們通常除了睡覺就是幹活。不過往昔的日子更苦，這是毫無疑問的。他們樂於相信這樣的説法。此外，在往昔的日子裏他們是奴隸，而現在他們是自由的，那才是最根本的區別——吱嘎決不會忘了指出這一點。

如今需要飼養的動物數量大增。秋天，四口母豬差不多同時都下了仔，總共產下三十一隻小豬。這些幼仔都是花斑豬，既然拿破崙是農場內唯一的公豬，也就可想而知他們來自誰的血脈。已經宣佈，稍遲等買齊了磚頭和木料，在農場主宅子的花園內將要蓋起一間教室。暫時小豬們由拿破崙在宅子的廚房裏親自施教。他們在花園裏做健身運動，不准和別的小動物一起玩。大致也在這個時候，如果一口豬和任何別的動物在小路上相遇，別的動物必須靠邊站——這已經作為一條規矩定了下來。同樣，所有的豬，不管屬於哪一等級，一概享有星期日在他們的尾巴上繫綠緞帶的特權。

農場這一年的收成相當不錯，但仍缺乏資金。蓋教室需要購買磚頭、沙子和石灰，另外也必須開始積攢資金——還是為了與風車配套的機械設備。還有，宅內需要點燈的油和蠟燭，需要供拿破崙自己享用的食糖(他禁止別的豬吃糖，理由是吃糖會使他們發胖)，需要經常補充的各種易耗品，諸如工具、釘子、繩子、煤、鐵絲、鐵片和餵狗的硬餅乾等等。一個乾草垛和土豆收成的一部份已經賣掉，雞蛋合同規定提供的數量已增至每週六百枚，因而這一年母雞孵出的小雞數量僅夠使雞的存欄數保持原來的水平。動物的口糧十二月份已減過一次，二月份再次削減；廄舍裏禁止點燈以節省燈油。但是豬們看來過得挺滋潤，單從他們實際上都在長膘即可見一斑。二月將盡的一天下午，一股溫潤、濃郁、開胃的香氣，從廚房後面在瓊斯時代一直棄用的釀酒小作坊隔着院子飄送過來，這種香味對動物們來說可謂聞所未聞。有動物說這是蒸煮大麥的氣味。動物們貪婪地猛吸這股味兒，心想是不是在做一鍋又香又熱的糊糊給他們當晚餐。但是熱糊糊沒有盼到，接下來的一個星期天居然宣佈從今往後所有的大麥都得留給豬們。果園後面的一塊地已經種上大麥。很快又有消息洩露出來，說現在每口豬得到的配額每天一品脱啤酒，單單給拿破崙享用的一份則為半加侖，總是盛在王冠德比帶蓋湯碗裏端給他的。

但是，如果說有這樣那樣的艱難困苦必須忍受的話，它們也被這樣一個事實部份抵銷掉了：現今的生活具有比過去較多的尊嚴。歌聲多了，講演多了，列隊遊行多了。拿破崙下令每週必須舉行一次名為自發性遊行的活動，目的在於慶祝動物農場的鬥爭和勝利。所謂的自發性遊行，就是動物們在指定時間放下他們的工作，編成軍事化隊形繞着農場的地界行進，由豬們領頭，隨後是馬，然後是母牛，其後是綿羊，再後是家禽。狗走在隊伍的兩側，而位於所有動物之首的是拿破崙的黑色小公雞。拳擊手和紫苜蓿總是合抬着標有蹄子和頭角的綠色旗幟，上面還有「拿破崙同志萬歲！」的字樣。遊行之後是為頌揚拿破崙而作的詩歌朗誦和吱嘎的演說，其中不乏最新的糧食增產數據，有時也來一下鳴槍作伴奏。綿羊們是自發性遊行最熱心的擁護者，如果有誰發發牢騷（只要豬或狗不在近處，個別動物有時會這樣做的），說這純粹是浪費時間，讓大家在寒風中站上好半天云云，那麼綿羊們肯定會以一片來勢洶洶的咩咩大合唱「四條腿好，兩條腿壞！」令抱怨者閉嘴。不過，一般說來，動物們還是喜歡這類慶祝活動的。說到底他們樂意聽這樣的話：他們是自己真正的主人，他們幹的活都是為了他們自己的福祉，等等。由於歌聲嘹亮，遊行隊伍浩浩蕩蕩，吱嘎提供的一大串數字為農場增光，加之獵槍頻頻鳴響，小公雞喔喔啼得歡暢，旗幟在獵獵聲中迎風飄揚——由於身在這一切之中，動物們有可能忘卻他們的肚子是空的，至少部份時間可能忘卻。

四月，動物農場宣佈成立共和國，這樣就需要選舉一位總統。候選人只有一名，即拿破崙，他自然毫無異議地當選此職。就在同一天，據悉又有新的文件被發現，這些證據揭露了雪球與瓊斯互相勾結的更多細節。現在看來，雪球並不如動物們原先想像的那樣，僅僅企圖通過要陰謀詭計輸掉牛棚戰役，他還曾站在瓊斯那一邊公開與我們為敵。事實上，此人正是高呼着「人類萬歲！」衝進戰役現場的那支人類軍隊的頭頭。個別動物一直記得曾見過雪球背上的傷口，其實那是拿破崙的牙齒給咬破的。

夏猶未央，烏鴉摩西在闊別數年之後忽然重又在農場現身。他一點兒沒有改變，還是不幹活，照舊用那副老腔調講糖果山的故事。他會蹲在一個樹樁上，撲棱着他的黑翅膀，向願意聽的任何一位講上個把鐘點。「在那上面，同志們，」他會用他的大嘴朝空中一努，鄭重其事地說，「在那上面，就在你看得見的那塊烏雲的另一邊，有座糖果山，在那片樂土上，我們這些可憐的動物就可以得到休息，永遠不用勞動！」他甚至聲稱在他飛得特別高的一次遠程翱翔中到過那裏，看見過永遠鮮嫩肥美的苜蓿地，還有長在樹籬上的亞麻籽餅和方糖。許多動物相信他的故事。他們推理的過程如下：他們現在的生活總是餓得要命，累得要死；而別處存在着一個比這兒好的世界，這有甚麼不對，有甚麼不應該？難以做出判斷的倒是豬們對待摩西的態度。豬們全都以不屑的口氣宣佈摩西所講關於糖果山的故事純屬胡編亂造，然而他們又允許他留在農場，甚麼活也不幹，每天還可得到七分之一升啤酒的津貼。

拳擊手在蹄傷痊癒後，幹活更比任何時候賣力。其實，那一年所有的動物都像奴隸一般勞動着。除了農場的常規工作和風車重建工程，還要為小豬蓋已於三月份動工的教室。有時候在不相稱的伙食條件下長時間勞動確實難以忍受，但拳擊手從不腳步踉蹌。在他的言語和行動中，完全沒有任何跡象顯示他的力氣已不如當年。只是他的形態起了些許變化；他的毛皮的光澤已較過去遜色，他那巨大的胯部似乎收縮了。有動物說：「等春草長出來後，拳擊手還會再硬朗起來」；然而，春天來了，拳擊手卻不見長膘。有幾回在把一塊大圓石往採礦場坡頂上拉的時候，只見他把全身肌肉繃得緊而又緊，頂住巨石下滑的重量，那時除了咬緊牙關堅持到底的意志力，好像再也沒有甚麼能支持他站直了不趴下。每當這樣的時刻，可以看到拳擊手的嘴唇在翕動，似欲吐出那句「我會更加努力工作」；他實在沒有力氣說出聲來。紫苜蓿和本傑明再一次告誡他必須注意身體，但拳擊手不加理會。他的十二歲生日快要到了。只要在他退休之前能積累起足夠多的石頭，其餘的事情他一概不放在心上。

夏天的一個晚上，突然有流言在農場裏傳開，說是拳擊手出來了。他獨自出了馬廄到風車那兒去拉一車石頭。十之八九，這次傳聞不會是謠言。僅過了幾分鐘，兩羽鴿子飛速趕回，帶來的消息是：「拳擊手倒下了！他側臥在地上起不來！」

大約農場的半數動物跑了出去，直奔風車所在的小山丘。拳擊手躺在那兒，身體卡住在兩根轅木之間，脖子向前伸出，頭卻抬不起來。他的雙目呆滯無神，他的腹部已被汗水浸透。一條鮮血的細流從他的口中滴出來。紫苜蓿跪倒在他身旁。

「拳擊手！」她呼喊着，「你怎麼啦？」

「是我的肺惹的禍，」拳擊手的聲音很微弱。「沒甚麼大不了。我想，少了我一個，你們照樣能把風車建成。石頭已經積累了好多。我撐死也不過再幹一個月。實話告訴你們，我一直盼着能夠退休。本傑明也越來越老了，興許他們會讓他跟我同時退休，好給我做個伴兒。」

「我們必須立刻得到救助，」紫苜蓿說。「快跑，隨便哪個去都行，告訴吱嘎這兒出事了。」

其他動物馬上全都跑回宅子去給吱嘎報信。只留下紫苜蓿，還有本傑明——他在拳擊手身旁靠臥下來，一聲不吭，不斷甩動他的長尾巴為拳擊手轟趕蒼蠅。大約一刻鐘以後，吱嘎現身了，滿臉都是同情和關切。他說，拿破崙同志懷着最深切的悲情獲悉，農場最忠誠的員工之一遭遇這樣的不幸，他已經在設法把拳擊手送到維林敦的醫院去接受治療。動物們聽說後，心裏有些不自在。除了莫麗和雪球，還沒有別的動物離開過農場；他們不願去想自己一個病倒的同志將落入人類之手。不過，吱嘎有辦法輕而易舉地使他們相信，維林敦的獸醫能把拳擊手的病治得比在農場裏所能做的更滿意。約莫半小時以後，拳擊手的狀況稍稍有所緩解，大家費了不少勁兒幫他站立起來，然後扶着他一瘸一拐回到他自己的馬廄裏，紫苜蓿和本傑明在那兒用乾草已為他鋪就一張很好的床。

接下來的兩天拳擊手待在自己廄內足不出戶。豬們捎來了他們從浴室藥箱裏找到的一大瓶粉紅色藥水，由紫苜蓿每日兩次飯後餵給拳擊手喝。晚上她靠臥在拳擊手廄內跟他說話，本傑明則給他轟蒼蠅。拳擊手坦言對於所發生的事並不覺得太遺憾。倘若他恢復得好，也許可以指望再活三年，所以他期盼着彼時他將在大草場的角落裏安度自己平靜的晚年。那將是他第一次有閒暇學文化，益心智。他說自己打算把有生之年用於學認A，B，C，D之後餘下的二十二個字母。

不過，本傑明和紫苜蓿只能用收工後的時間來陪伴拳擊手，而一輛大篷車卻在光天化日之下把拳擊手拉走了。當時動物們正在一名豬工頭的監督下給圓蘿蔔鋤草，驀地大吃一驚地看到本傑明從農場居住區方向奔跑過來，一邊發出把嗓門扯到最高極限的驢叫。這是大家頭一回看到本傑明如此激動——也難怪，無論哪一位看到本傑明撒蹄狂奔，肯定都是頭一回。「快，快！」本傑明拚命喊叫。「趕快過來！他們要把拳擊手拉走！」動物們不等豬工頭發令，一齊撂下手上的活跑回居住區。果然，院子裏停着一輛由兩匹馬拉的大篷車，它的車身上不知寫着甚麼字，馭者座上坐着一個頭戴低頂圓禮帽、長得賊眉鼠眼的漢子。而拳擊手的馬廄卻是空的。

動物們把大篷車團團圍住。「再見，拳擊手！」大家齊聲喊道。「再見！」

「笨蛋！全是笨蛋！」本傑明怒喝道。同時繞着他們大吵大跳，還連連往地上跺着他的小蹄子。「笨蛋！難道你們沒瞧見車身上寫的是甚麼？」

動物們暫時停止嚷嚷，只聽到有誰發出示意肅靜的噓聲。慕莉爾開始拼讀上面的單詞。但本傑明把她推到一邊，並在一片死一般的寂靜中唸道：

「『阿爾弗雷德．西蒙茲，屠馬兼熬膠，住維林敦鎮。經銷獸皮和骨粉。可為養犬客戶送貨上門。』你們可懂得那是甚麼意思？他們要把拳擊手拉到屠馬作坊去！」

所有的動物頓時發出一片恐怖的號叫。就在這個當口兒。馭者座上那個漢子往馬身上猛抽一鞭，大篷車駛出院子開始輕快地小跑。動物們一齊跟上去，扯開最大的嗓門竭力呼喊。紫苜蓿從動物堆裏擠到最前頭。大篷車開始加速。紫苜蓿試圖抖擻她粗壯的四肢，把速度提到飛跑，卻僅僅達到慢跑。「拳擊手！」她大聲喊叫！「拳擊手！拳擊手！拳擊手！」直到此刻，拳擊手似乎聽到了車外的喧嘩似的，他鼻樑上抹着一道白色的那張臉，才出現在大篷車背後一扇小窗口。

「拳擊手！」紫苜蓿驚恐萬分地喊道。「出來！快出來！他們把你拉去是要你的命！」

所有的動物也都跟着紫苜蓿一起喊叫：「出來，拳擊手，快出來！」但大篷車已越跑越快，即將把動物們甩掉。不知道拳擊手是不是明白了紫苜蓿向他呼喊的意思。但稍過了一會兒，他的臉從窗口消失了，接着可以聽到大篷車裏邊馬蹄擊鼓一般蹬踏車身的巨響。他在努力為自己踢開一條出路。想當年拳擊手的蹄子只消揮上幾拳踢上幾腳，早就把這輛車拆成只能做火柴桿子的碎片了。然而，嗐！他的力氣再也不在他的身上；轉眼間，馬蹄擊出的鼓點越來越微弱，終於聽不見了。動物們在絕望中開始呼籲拉大篷車的那兩匹馬停下來。「同志們，同志們！」他們苦苦哀求。「不要把你們自己的兄弟拉去送命！」但是那兩頭愚蠢的畜生實在太無知，哪裏搞得清即將發生甚麼事情，只見他倆兩耳向後一抿，反倒加快了腳步。拳擊手的臉再也沒有出現在小窗口。倒是有動物想到過趕在馬車之前去把有五道門的大門關上，可是太晚了；才一眨眼的工夫，大篷車已經出了大門，迅即沿着大路去遠直至消失。從此再也沒有誰見到過拳擊手。

三天後，上面宣佈拳擊手已在維林敦醫院裏去世，儘管他得到了一匹馬所能得到的種種照料。是吱嘎來把這一消息向其他動物宣佈的。吱嘎説他在拳擊手彌留之際的最後幾個小時一直守護在側。

「這是我所見過的最令我感動的場景！」吱嘎説着舉起他的一個蹄子抹去一滴眼淚。「我在他的病床旁邊一直守到他嚥氣。臨終前，他虛弱得連説話的力氣都沒有了，只能對我附耳低語，説他唯一的遺憾就是走在風車竣工之前。『前進，同志們！』他貼在我耳邊説。『以造反的名義，前進。動物農場萬歲！拿破崙同志萬歲！拿破崙永遠正確！』這是他最後的幾句話，同志們。」

説到這裏，吱嘎的神態陡然一變。他沉默片刻，兩隻小眼睛把懷疑的目光從這一邊掃到另一邊，然後繼續發言。

他説，據他了解，在拳擊手離開農場時，一個荒唐而又惡毒的謠言曾經得到傳播。某些動物注意到，接走拳擊手的大篷車標有「屠馬」字樣，竟然一下子得出拳擊手被送到屠馬作坊去了的結論。吱嘎説，簡直難以置信，無論甚麼動物怎麼可能糊塗到這種程度。「按說，這些動物對他們敬愛的領袖拿破崙同志應該有更深的了解，難道不是嗎？」吱嘎氣憤地大叫大嚷，同時頻頻擺動他的尾巴，不斷地跳來跳去。他說解釋其實再簡單不過了。大篷車先前是屠馬夫的財產，後來賣給了獸醫，而獸醫還沒來得及把老名字塗掉。誤會就是這樣引起的。

聽了這番話，動物們總算長舒了一口氣。及至吱嘎繼續講了更多有關拳擊手臨終情形的生動細節，他在醫院裏得到何等無微不至的關懷，好些昂貴的藥品都是拿破崙付的賬，根本不考慮價格，等等——動物們最後的一些疑慮也都煙消雲散，他們對自己同志的死所感到的悲傷，也由於想到他至少死得很幸福而得到緩解。

拿破崙親自出席了隨後的星期日集會，並且發表了一篇悼念拳擊手的簡短演說。他說，由於種種原因，不能把他們已故同志的遺體運回農場安葬，但他已下令用宅子花園裏的月桂枝做一個大花圈，送去放在拳擊手的墓上。數日內豬們還準備舉行一次懷念拳擊手的宴會。拿破崙在結束他的演說時引用了拳擊手心愛的兩句格言。「『我會更加努力工作』和『拿破崙同志永遠正確』這兩句格言，」他說，「我奉勸每一隻動物最好都把它們當成自己的座右銘。」

到了預定舉行宴會的那天，一輛生鮮食品商的送貨馬車從維林敦駛來，把一個大板條箱送到農場主宅內。那個夜晚宅子裏唱歌聲喧鬧異常，隨後傳來的聲音像是一場激烈的吵架，臨了在十一時許則是乒乒乓乓砸碎玻璃的可怕聲響。第二天中午以前，宅子裏毫無動靜，誰也沒有起身，但有風聲傳來，說豬們不知打哪兒、通過甚麼手段搞到錢以後又買了一箱威士忌。

10

幾年過去了。寒來暑往，時光流逝，壽命不長的動物一生更如白駒過隙。已經到了沒有誰還記得造反前是怎麼回事的那樣一個時代，除了紫苜蓿、本傑明、烏鴉摩西和幾口豬。

母山羊慕莉爾死了；藍鈴鐺、傑茜和鉗爪都死了。瓊斯也死了——他死在本郡另一頭的酒鬼收容所裏。雪球已被遺忘。拳擊手也被遺忘了，除非少數認識他的動物才記得。紫苜蓿如今已是一匹發福的老母馬，關節僵硬，眼睛動輒分泌黏液。她已超過退休年齡兩歲，但實際上從來沒有動物真正退休。給超齡動物留出草地一角之議，早就被束之高閣。拿破崙如今是一頭重達三百三十磅的成熟公豬。吱嘎胖得幾乎睜不開眼睛。唯獨老本傑明大體上還是過去的模樣，只是鼻口處的毛色稍增灰白，還有就是自打拳擊手死後越發孤僻自閉，寡言少語。

如今農場裏的動物增加了許多，儘管增長幅度並不像早些年頭預期的那麼大。對於後來出生的動物，造反僅僅是一個口口相傳的模糊的傳說，而另一些從別處購進的動物，在來到此地之前壓根兒就沒聽誰提起過這麼一檔子事。現在農場除紫苜蓿外擁有三匹馬。他們都是挺拔健壯的好牲口，勤勞肯幹，和睦友好，只是蠢得要命。他們中沒有一匹認得B以後的字母。他們全盤接受所聽到的關於造反和動物主義原則的說法，尤其是出自紫苜蓿之口的，因為他們對紫苜蓿懷有近乎孝心的尊敬；不過，他們對於所聽到的究竟能懂得多少，那可要存疑了。

現在的農場比往昔較為富裕，生產組織得也較好；它的面積有所擴大，增加了從皮爾金頓那兒購得的兩塊地。風車最終還是圓滿建成了，農場擁有屬於自己的一台脫粒機和一台捆草機，此外還新蓋了各種不同的建築物。溫珀給自己購置了一輛雙輪輕便馬車。不過，風車到頭來卻並沒有用於發電。它被用來碾磨穀物，收益頗豐。動物們正在努力建造另一座風車；據說等這第二座建成後將要安裝發電機組。不過，當初雪球教動物們夢想過上的奢華生活——有電燈照明和冷熱水齊全的廄舍，一週三天工作制——再也不談了。拿破崙指責這種想法是與動物主義的精神背道而馳的。他說，真真正正的幸福就在於勤奮的工作和儉樸的生活。

不知怎麼的，雖然農場比過去富了，可是動物們自己似乎並沒有甚麼富裕起來的跡象——當然，豬和狗不在此例。也許，部份原因就在於有那麼多的豬和那麼多的狗。倒不是說這兩種動物不勞動——這是他們的做派。問題在於，就像吱嘎從來不厭其煩地解釋的那樣，在農場的管理和組織方面有幹不完的工作。這些工作中有許多屬於其他動物過於無知而理解不了的。例如，吱嘎曾告訴他們，豬不得不每天耗費大量勞動在叫做「檔案」、「報告」、「議事錄」、「備忘錄」的神秘事務上頭。那都是大張大張的紙，必須在上面密密麻麻地寫上字，一旦這些紙寫滿了字，就會放到爐子裏燒掉。這對農場的福祉都是至關重要的，吱嘎說。但迄今為止，豬也罷，狗也罷，都還沒有用他們自己的勞動生產過任何食物；而他們的數量卻非常之多，他們的胃口又始終非常之好。

至於其他動物，據他們所知，他們的生活還一直是老樣子。他們普遍吃不飽，睡乾草，喝池塘水，幹農活；冬天他們苦於寒冷，夏天受蒼蠅騷擾。有時他們中年齡大些的，會去搜索他們模糊的記憶，試圖就這樣一個問題做出判斷：在早先造反的日子裏，那會兒瓊斯被趕走還不太久，當時的日子是比現在好，還是比現在差。他們記不起來了。他們沒有任何東西可以拿來同當前的生活做比較，因為他們沒有任何參照的依據，除非以吱嘎的長長一大串一大串數字為準，而這些數字一貫表明任何事物都是越來越好，越來越好。動物們發現這個問題沒法兒解決；他們現在沒工夫思考這些事情。只有老本傑明表示自己漫長一生的每一個細節他都記得起來，也知道事情從來沒有、也永遠不會大大好於過去或大大不如過去——反正飢餓、辛苦和失望是生活的不變法則，他如是說。

然則動物們從不放棄希望。非但如此，他們從來不曾，哪怕只是短短的一瞬間也不曾喪失自己作為動物農物成員之一的榮譽感和優越感。他們至今仍是全郡——也是全英格蘭！——唯一屬動物們所有並由動物們運作的農場。他們中的任何一員，即便是最年輕的，即便是從十英里或二十英里以外買來的，無不始終對這一點感到驚訝。每當他們聽到獵槍鳴響，看見綠旗在旗杆頂上迎風飄揚，他們心中總會充盈着不滅的自豪，於是話題必然轉向往昔的英雄歲月，轉向驅逐瓊斯，書寫《七誡》，以及入侵的人類被打得落荒而逃的那兩次偉大戰役。舊時的夢想一個也沒有捨棄。老少校曾經預言的動物共和國，動物們仍堅信不疑，到那時英格蘭的綠野將不容人類踐踏。這個預言總有一天會實現，也許不會很快，也許目前活着的任何動物有生之年誰也盼不到，可那一天還是會到來。甚至《英格蘭的生靈》的曲調也有動物在這裏或那裏偷偷哼唱，至少農場的每一隻動物都知道這首歌總是一個事實，儘管誰也不敢大聲唱。他們的一生也許過得很苦，他們的希望也許並沒有完全實現，但他們意識到自己跟別的動物不一樣。如果他們吃不飽，那並非由於必須養活對他們實施暴政的人類；如果他們工作很辛苦，至少他們是為自己工作。他們中沒有誰是用兩條腿行走的。沒有哪隻動物稱任何別的動物「東家」。凡動物一律平等。

入夏不久的一天，吱嘎命令幾隻綿羊跟他走，並把他們帶到農場另一頭一塊蔓生着許多樺樹苗的荒地上。綿羊們在那兒呆了一整天，在吱嘎的監督下嚙食嫩葉。傍晚，吱嘎獨自回到宅子，但由於天氣暖和，他吩咐綿羊們仍留在荒地上。結果他們在那兒一留就是整整一個星期，這段時期其他動物都不見他們的蹤影。吱嘎每天的大部份時間都和綿羊待在一起。他說自己在教他們唱一首新歌，必須不受打擾。

直到綿羊們回去以後，一個愜意的傍晚，動物們已經收工，正在返回農場居住區的路上，這時從院子裏傳來一匹馬受驚的嘶鳴，收工的動物們給嚇得在原地站住，一動也不動。那是紫苜蓿的嘶叫聲。她再次發出一聲長嘯，這一回所有的動物全都撒腿飛奔衝進院子。這時他們看到了紫苜蓿所看到的情景。

那是一頭豬在用他的後腿行走。

沒錯，那是吱嘎。他正從院子的一頭向另一頭踱去，稍稍顯得有點兒笨拙，彷彿還不太習慣按這樣的姿勢支撐自己碩大的身軀，但平衡保持得十分完美。僅僅過了片刻，從農場主宅子門內走出一長列豬，全都用他們的兩條後腿行走。一些豬走得比另一些較好，有一兩頭甚至步態略顯不穩，看樣子他們最好能有一根拐棍作支持，但他們每一頭都成功地繞院子走了一圈。臨了是一片驚心動魄的狗叫和黑色小公雞喔喔喔的尖聲啼鳴，於是拿破崙親自駕臨，氣宇軒昂，目光傲慢地從這一邊掃向另一邊，他的狗保鏢們在他周圍又蹦又跳。

他的前蹄夾着一條鞭子。

這時出現了一片死一般的寂靜。

驚愕、恐懼的動物們互相擠做一團，瞧着豬們排成長列繞院子緩慢行進。這光景就像是世界給倒了過兒似的。當最初的震悚已經消逝，儘管他們仍然懾於狗們的淫威，儘管經年累月養成的習慣就是不管發生甚麼事情概不抱怨，概不批評，儘管這一切並沒有改變，但現在已到了這樣的時刻，動物們可以置以上的一切於不顧，說出一兩句表示抗議的話了。但是，恰恰在這個當口兒，所有的綿羊像接到一個信號似的，一下子爆發出聲勢洶洶的咩咩大合唱——

「**四條腿好，兩條腿更好！四條腿好，兩條腿更好！四條腿好，兩條腿更好！**」

如是者共持續達五分鐘之久，沒有停頓。及至綿羊們完全靜下來，表示任何抗議的機會已經成為過去，因為豬們的隊伍回到宅內去了。

本傑明感到有一個鼻子擠壓着他的肩膀。他轉過頭去一看。是紫苜蓿。她的老眼似乎比以往任何時候更加昏花。她甚麼也不說，只是輕輕拽住本傑明的鬃毛把他帶到寫着《七誡》的大穀倉盡頭外牆跟前。他倆站住腳，盯着塗了柏油寫上白字的那堵牆約莫有一兩分鐘。

「我的眼神越來越不濟了，」紫苜蓿終於說。「即使在我年輕時我也唸不了那上面寫的甚麼。可是我總覺得那堵牆看上去跟以前不一樣。這《七誡》還是往常的《七誡》嗎，本傑明？」

本傑明只此一遭同意打破他自己的規矩，把寫在牆上的字唸給紫苜蓿聽。如今牆上只有一條戒律，其餘甚麼都沒有。那唯一的一誡是：

凡動物一律平等

但是有些動物比別的動物更加平等

明乎此，第二天農場裏的監工豬一個個都用蹄子夾着皮鞭就不足為怪了。之後，據悉豬們又給自己購置了無線電收音機，並準備安裝電話，還訂閱了《約翰牛》、《花邊新聞》和《每日鏡報》，當然也不足為怪。同樣不足為怪的還有拿破崙被看見叼着一支煙斗在農場主宅內花園裏散步——不，不，甚至還有豬們把瓊斯先生衣櫃裏的服裝取出來穿在自己身上；拿破崙自己公然身穿黑上衣、獵裝褲，綁着皮裹腿招搖過市；而深得他寵愛的一頭母豬身上則是過去瓊斯太太星期日才穿的一襲波紋綢連衣裙。

一週後的下午，一溜兒好幾輛雙輪小馬車來到農場。由附近幾位農場主組成一個代表團應邀前來考察。來賓們被領到農場各處參觀，他們對所看到的一切，特別對風車表示高度讚揚。動物們正在蘿蔔地裏鋤草。他們幹得很勤勉，眼睛一直看着地上，幾乎連頭也不抬，不知道他們更害怕豬還是人。

那天晚上，從農場主宅內傳來喧鬧異常的歡笑聲和唱歌聲。忽然間，動物們被混雜在一起的各種聲音激起了好奇之心。既然動物和人頭一回平起平坐聚在一起，倒要瞅瞅究竟會發生甚麼事情？於是他們不約而同地盡可能放輕腳步開始向農場主宅子的花園裏溜進去。

到門口他們停了下來，不太敢再往前走，但紫苜蓿帶頭走進去。他們踮着腳挨到宅子跟前，某些個子夠高的動物通過餐廳的窗戶朝裏張望。那裏，在一張長桌周圍坐着六個農場主和六頭地位較高的豬。拿破崙自己佔着餐桌一端的榮譽席位。豬們坐在椅子上的姿態相當自在。賓主們原先在打牌散心來着，後來放下紙牌暫停片刻，顯然為了舉杯祝酒。一把大酒壺不斷傳來遞去，帶把兒的大杯子一再斟滿啤酒。誰也沒有注意到，動物們一張張神情訝異的臉正從窗外一眼不眨地往裏凝視。

狐苑農場的皮爾金頓先生手執酒杯站起身來。他說，此刻他想請在座的諸位乾上一杯。但在舉杯之前，他覺得自己有義務先說幾句話。

皮爾金頓先生說，能感到很長一個時期以來的不信任和誤會現已告終，這對他來說是皆大歡喜的緣由——他相信對在座的其他各位來說亦然如此。曾經有一段時間——雖然他或在座的任何一位都不認同這種態度——但確實曾有一段時間，尊敬的動物農場幾位業主遭到來自他們的人類鄰居的……他不願說敵視，但或許可以說是某種程度的猜疑。不幸的事件時有發生，錯誤的觀念被普遍接受。當時覺得，一家由豬當業主和經營管理的農場的存在，總有些不太正常，會對周邊鄰居產生一種不安定的影響。為數極多的農場主未做調查研究便認定，這樣的農場裏主宰一切的必然是無法無天、恣意胡為的歪風邪氣。這些農場主十分憂慮他們自己的動物乃至他們的人類傭員會受到影響。但所有這一切疑慮如今均已消除。今天他和他的幾位朋友一起來動物農場參觀訪問，親眼考察了這裏的每一寸土地，他們發現了甚麼呢？不光操作規程是最現代的，而且工作紀律嚴明，到處井然有序，這些對於任何地方的農場主都堪為楷模。動物農場的低等動物比郡內任何動物人幹的活更多，而消耗的飼料卻更少——他相信自己這樣說沒錯。確實，他和他的同行參觀者們今天看到的很多東西，他們打算馬上引進到自己的農場裏去。

他說，在發表自己這番感想的末尾，他要再一次強調，過去存在於動物農場與它鄰居之間的友好感情應該繼續留存下去。豬與人之間過去沒有，也沒有必要產生任何利害衝突。他們努力奮鬥的目標和面臨的困難是相同的。勞工問題在任何地方不都是一樣的嗎？說到這裏，皮爾金頓先生顯然有意向大家拋出一句精心準備好的俏皮話，然而有一瞬間他自己越想越覺得可笑，以致話也說不出來。他嗆了好一陣子，在這期間他那呈多級台階狀的下巴轉成了紫色，嗆過以後，他總算說出了口：「你們有你們的低等動物需要對付，」他說，「我們有我們的下層階級需要擺平！」這句妙語一出，舉座為之笑得前俯後仰；於是皮爾金頓先生就他在動物農場觀察到的食品定量低、工作時間長以及絕無紀律鬆弛現象再一次向豬們表示祝賀。

皮爾金頓先生最後請在座各位全體起立，先把各自的酒杯斟滿。「先生們，」皮爾金頓說，「先生們，我建議大家一起舉杯：祝動物農場財運亨通！」

這時響起一片興高采烈的歡呼聲和跺足聲。拿破崙心裏簡直樂開了花，竟然離開自己的席位，繞到桌子另一端去跟皮爾金頓先生先碰過杯，然後再一飲而盡。這一輪的祝酒和歡呼平靜下來後，依然用兩條後腿站着的拿破崙表示他也有幾句話要說。

和拿破崙所有的發言一樣，這次講話也很短，而且直奔主題。他說，他對於誤會誤解的時期終於結束也感到很高興。在一個長時期內有流言在傳播——他有理由認為是敵人惡意散播的——說他自己以及他的同事們的觀點含有某種顛覆性，甚至革命性的內容。外界認為他們圖謀煽動附近幾家農場的動物起來造反。沒有比這種謠言離事實真相更遠的了！拿破崙和他的同事們的唯一願望，現在和過去都是同他們的鄰居和睦共處，保持正常的商務關係。他補充說，他有幸負責監管的這個農場，是一個合作社性質的企業。由他親自保管的產權證書屬於豬們共有。

他說他不信舊的猜疑還會殘存下來，但前不久農場在規章制度方面還是做了若干變更，這些舉措應該會收到進一步推動互信的效果。到目前為止，農場的動物們有一個頗為愚蠢的慣例，就是互相稱呼「同志」。這個稱呼必須禁止使用。另外還有一條非常奇怪的舊規，其起因已無從查考，那就是每星期日早晨必須列隊走過釘在花園內木柱上的一個公豬頭顱。這一陋規也將取消，那個骷髏頭已經被掩埋。來賓們可能已經看到有一面綠色旗幟飄揚在旗杆頂上。如果看到了，他們或許會留意原先標在旗幟上面的白色蹄角現在已被撤去。今後它將是一面素色的綠旗。

他說，對於皮爾金頓先生剛才那一席洋溢着睦鄰友情的精彩講話，他只有一點批評意見。皮爾金頓先生始終稱本農場為「動物農場」。皮爾金頓先生當然不可能知道——因為他，拿破崙，現在才第一次正式宣佈此事：「動物農場」這個名稱已經廢除。今後農場將被稱為「莊園農場」——他相信這才是農場正確的原名。

「先生們，」拿破崙如此結束他的發言，「我也要像剛才那樣建議大家一齊舉杯，但要換一種方式。請把你們的酒杯斟滿。先生們，我的祝酒詞是：祝莊園農場財運亨通！」

又是和先前同樣盡興盡情的歡呼，酒杯裏全都點滴不剩。但是，就在動物們從窗外注視着這幅景象時，他們覺得好像有甚麼事情快要發生了。豬們的臉上究竟甚麼起了變化？紫苜蓿的老眼把昏花的視線從一張臉移到另一張臉。其中一張有五個下巴頦兒，一張有四個，一張有三個。但究竟是甚麼似乎在漫漶和變化？這時，掌聲停息，賓主拿起紙牌繼續玩剛才被打斷的牌戲，窗外的動物們悄無聲息地離開那兒。

但是他們走開還沒有超過二十碼距離，又驟然站住。好多條嗓子大吵大嚷的喧嘩聲從農場主宅內傳來。動物們趕回去重又朝窗內張望。沒錯兒，一場激烈的爭吵正在進行中。那裏邊有破口大罵的，有拍桌子的，有犀利的目光懷疑對方作弊的，有氣急敗壞矢口否認的。翻臉的緣起好像是拿破崙和皮爾金頓先生同時都打出一張黑桃A。

十二條嗓門暴跳如雷地吼叫，聲音全都一個樣。這下弄明白了，豬們的臉究竟出了甚麼問題。敢情動物們從窗外朝裏望，目光從豬移到人，再從人移到豬，又重新從豬移到人，要分清哪張臉是豬的，哪張臉是人的，已經不可能了。

附錄：《動物農場》烏克蘭文版序

喬治・奧威爾

〔一九四七年三月，奧威爾為烏克蘭文版《動物農場》專門寫了一篇序，該版由慕尼黑烏克蘭流落異國者組織於同年十一月發行。奧威爾原稿已不可覓，這裏發表的是根據烏克蘭文譯文重譯回英文的。〕

我受囑為《動物農場》烏克蘭文譯文版寫一篇序言。我很明白我是在為我根本不了解的讀者寫這篇序言，我也知道他們大概也從來沒有絲毫機會了解我。

在這篇序言中，他們大概最希望我談一談《動物農場》是怎麼起意的，不過我首先要談一談我自己和我形成今天的政治態度的經歷。

我於一九零三年生於印度。我的父親是那裏的英國行政機構的一名官員。我的家庭是軍人、教士、政府官員、教員、律師、醫生等等這種普通的中產階級家庭。我是在伊頓受的教育，那是英國公學中最昂貴和最勢利的。但是我只是靠獎學金才進去的；否則，我的父親無力供我上這樣一種類型的學校。

我離校以後不久（當時我還不滿二十歲），我就去了緬甸，參加印度帝國警察部隊。這是一支武裝的警察部隊，一種憲兵一樣的隊伍，很像西班牙的國內警衛隊或法國的別動隊。我在那裏服役五年。它不適合我的個性，使我痛恨帝國主義，雖然那時候緬甸的民族主義感情並不十分顯著，英國人和緬甸人的關係並不特別壞。一九二七年我回英國休假時辭了職，決定當作家。開始時並沒有特別成功。在一九二八—一九二九年之間，我住在巴黎，寫沒有人會出版的短篇小說和長篇小說（後來我把它們都銷毀了）。在以後幾年，我的生活基本上是勉強餬口，過一天算一天，好幾次還挨過餓。只是從一九三四年起，我才能夠靠寫作的收入生活。與此同時，我有時接連好幾個月生活在窮人和半犯罪分子中間，他們住在窮人區的最破爛的地方，或者流浪在街上行乞和偷竊。那個時期我因為沒有錢才同他們為伍，但到了後來，他們的生活方式本身引起了我極大的興趣。我花了好幾個月（這一次是十分有系統地）研究英國北方礦工的狀況。到一九三零年為止，就整體來說，我並不認為我是個社會主義者。事實上，我當時還沒有明確的政治觀點。我所以成為擁護社會主義者主要是出於對產業工人中比較窮困的一部份受到壓迫和忽視的情況感到厭惡，而不是出於對計劃社會有甚麼理論上的想望。

我在一九三六年結婚。幾乎就在那同一星期，西班牙爆發了內戰。我的妻子和我都想到西班牙去為西班牙政府作戰。我們一等到我手頭在寫的書寫完，六個月內就做好了準備。在西班牙我在阿拉貢前線呆了幾乎六個月，一直到在韋斯卡被一個法西斯狙擊手打穿了我的喉嚨。

在戰爭初期，外國人總的來說是不了解各個擁護政府的黨派之間的內部鬥爭的。由於一系列的偶然事件，我沒有像大多數外國人那樣參加國際縱隊，而參加了P.O.U.M.[1]的民兵。

因此在一九三七年中，共產黨得到了對西班牙政府的控制權（或者說部份控制權）並且開始迫害托派以後，我們夫婦倆發現自己已屬受迫害之列。我們很幸運活着逃出了西班牙，連一次也沒有被捕過。我們的許多朋友被槍決，其他的在獄中關了很久，或者乾脆失蹤了。

西班牙的這些大搜捕是與蘇聯國內的大清洗同時發生的，可以說是對大清洗的補充。在西班牙和在蘇聯都是一樣，攻擊的罪名（即與法西斯分子共謀）是同樣的，但就西班牙而論，我有一切理由相信，這些攻擊都是莫須有的。這一切經驗是一個寶貴的客觀教訓：它告訴我極權主義的宣傳能夠多麼輕易地控制民主國家開明人民的輿論。

我的妻子和我都看到無辜的人被投入監獄，僅僅因為他們被懷疑有不正統思想。但是，在我們回英國以後，我們發現許多思想開明和消息靈通的觀察家們居然相信報界發自莫斯科審判現場關於陰謀、叛國和破壞的荒乎其唐的報道。

因此我也比以前更加清楚地了解了蘇聯神話對西方社會主義運動的消極影響。

這裏，我必須停下來談一談我對蘇維埃政權的態度。

我從來沒有去過俄羅斯，我對它的了解只是通過讀書看報而得到的。即使我有這力量，我也不想干涉蘇聯內部事務：我不會僅僅因為斯大林和他的同事的野蠻和不民主的手段而譴責他們，很有可能，即使有最好的用心，在當時當地的情況下，他們恐怕也只能如此行事。

但是在另一方面，對我來説，極其重要的是，西歐的人們應該看清楚蘇聯政權的真正面目。自從一九三零年以後我很少看到有甚麼證據能夠證明蘇聯是在向我們可以真的稱為社會主義的方向前進。相反，我對它轉變成為一個等級森嚴的社會的明顯跡象感到吃驚。在這樣一個社會裏統治者像任何其他統治階級一樣都不願意放棄權力。此外，在英國這樣一個國家裏的工人階級和知識分子都無法理解今天的蘇聯已完全不同於一九一七年的它了。這一部份是因為他們不願意理解（即他們希望相信在甚麼地方的確有一個真正的社會主義國家存在），一部份是因為，他們習慣於公共生活中的比較自由和節制的環境，極權主義是他們完全不能了解的。

但是你必須記住，英國並不是完全民主的。它也是一個資本主義國家，存在着極大的階級特權和（即使在現在，在一場可能使人人平等的戰爭之後）極大的貧富懸殊。但是儘管如此，它還是一個人民生活了好幾百年而沒有發生內戰的國家，法律相對來説是公正的，官方的新聞和統計數字幾乎可以一概信任，最後，但同樣重要的是，持有和發表少數派意見並不會帶來生命的危險。在這樣的氣氛中，像集中營、大規模強制遷移、未經審判就逮捕、新聞檢查等事情，普通人是沒有真正了解的。他所讀到的關於蘇聯這種國家的報道都自動地化為英國概念了，他很天真地接受了極權主義宣傳的謊言。到一九三九年為止，甚至在此以後，大多數英國人不能認識德國納粹政權的真正性質，而現在，對蘇聯政權，他們在很大程度上仍處在同樣一種幻覺的下面。

這對英國的社會主義運動造成很大的危害，對英國的外交政策產生了嚴重的後果。的確，在我看來，沒有任何東西有像認為俄羅斯是一個社會主義國家，認為它的統治者的每一行動即使不加模仿也必須予以辯解的這種信念，那樣，對社會主義的原來思想就造成了更大的腐蝕。

因此在過去的十年中，我一直堅信，如果我們要振興社會主義運動，打破蘇聯神話是必要的。

我從西班牙回來後，就想用一個故事來揭露蘇聯神話，它要能夠為幾乎每個人所容易了解而又可以容易地譯成其他語言。但是這個故事的實際細節在相當時期內一直沒有在我的腦海中形成，後來終於有一天（我當時住在鄉間一個小村莊裏）我看到一個小男孩，大概十歲，趕着一匹拉車的大馬在一條狹窄的小道上走，那匹馬一想轉彎，那男孩就用鞭子抽牠，這使我想起，如果這些牲口知道牠們自己的力量，我們就無法控制牠們，人類剝削牲口就像富人剝削無產階級一樣。

於是我着手從動物的觀點來分析。對於牠們來說，顯然人類之間階級鬥爭的概念純粹是錯覺，因為一等到有必要剝削牲口時，所有的人都聯合起來對付牠們：真正的鬥爭是在牲口和人之間。從這一點出發，就不難構思故事了。但我一直沒有動手，到了一九四三年才寫，因為我一直在做其他工作，沒有餘暇。最後，我把有些大事，如德黑蘭會議，包括了進去，我在寫作時，會議正在開。這樣，這個故事的主要輪廓在我腦中存在了六年之久我才實際開始寫作。

我不想對這部作品發表意見；如果它不能自己說明問題，那它就是失敗之作。但是我想強調兩點：第一，雖然有些情節取自俄國革命的真實歷史，但它們是作了約縮處理的，它們的年代次序作了顛倒，這是故事的完整化所必需的。第二點是大多數批評家所忽視的，可能是因為我沒有予以足夠強調。許多讀者在讀完本書之後可能有這樣的印象：它以豬和人的完全修好收場。這不是我的原意；相反，我原來是要在一種很不協和的高音符上結束，因為我是在德黑蘭會議以後馬上寫的，大家當時都認為該會議為蘇聯和西方建立了可能範圍內最好的關係。我個人並不認為這種良好關係會維持很久，而事實證明，我沒有錯到哪裏去……

（董樂山譯）

註釋：

[1] 西班牙一小黨馬克思主義統一工人黨的縮寫。

天地外國經典文庫

①**到燈塔去**
［英］弗吉尼亞·伍爾夫 著 瞿世鏡 譯

②**鼠疫**
［法］阿爾貝·加繆 著 劉方 譯

③**動物農場**
［英］喬治·奧威爾 著 榮如德 譯

④**人間失格（附《女生徒》）**
［日］太宰治 著 竺家榮 譯

⑤**美麗新世界**
［英］奧爾德斯·赫胥黎 著 陳超 譯

⑥**都柏林人**
［愛爾蘭］詹姆斯·喬伊斯 著 王逢振 譯

⑦**局外人**
［法］阿爾貝·加繆 著 柳鳴九 譯

⑧**月亮和六便士**
［英］威廉·薩默塞特·毛姆 著 傅惟慈 譯

⑨**柏拉圖對話集**
［古希臘］柏拉圖 著 戴子欽 譯

⑩**愛的教育**
［意］埃德蒙多·德·亞米契斯 著 夏丏尊 譯

⑪**一九八四**
［英］喬治·奧威爾 著 董樂山 譯

⑫**老人與海**
［美］歐內斯特·海明威 著 李育超 譯

⑬**泰戈爾散文詩選集**
［印度］羅賓德拉納特·泰戈爾 著 吳岩 譯

⑭**荷風細語**
［日］永井荷風 著 陳德文 譯

⑮**流動的盛宴**
［美］歐內斯特·海明威 著 湯永寬 譯

⑯**最後一片葉子**
［美］歐·亨利 著 黃源深 譯

⑰**面紗**
［英］威廉·薩默塞特·毛姆 著 張和龍 譯

⑱**漂泊的異鄉人**
［英］D·H·勞倫斯 著 劉志剛 譯

⑲**莎士比亞十四行詩集**
［英］威廉·莎士比亞 著 馬海甸 譯

⑳**變形記**
［奧］弗蘭茨·卡夫卡 著 謝瑩瑩等 譯

www.cosmosbooks.com.hk

書　　名　動物農場（Animal Farm）

作　　者　喬治・奧威爾（George Orwell）

譯　　者　榮如德

編輯委員會　馬文通　梅　子　曾協泰
孫立川　陳儉雯　林苑鶯

責任編輯　王穎嫻

美術編輯　郭志民

出　　版　天地圖書有限公司
香港黃竹坑道46號
新興工業大廈11樓（總寫字樓）
電話：2528 3671　傳真：2865 2609
香港灣仔莊士敦道30號地庫／1樓（門市部）
電話：2865 0708　傳真：2861 1541

印　　刷　美雅印刷製本有限公司
香港九龍官塘榮業街6號海濱工業大廈4字樓A室
電話：2342 0109　傳真：2790 3614

發　　行　香港聯合書刊物流有限公司
香港新界大埔汀麗路36號中華商務印刷大廈3字樓
電話：2150 2100　傳真：2407 3062

出版日期　2018年6月初版／2020年7月第二版

ISBN ： 978-988-8258-62-8

本書譯文由上海譯文出版社有限公司授權繁體字版出版發行